「がんになって良かった」と言いたい

山口雄也
＋木内岳志
（NHK「ひとモノガタリ」担当ディレクター）

徳間書店

はじめに

病というのは恐ろしいものだ。ある人間の人生を大きく変貌させ、苦しませ、時には命までをも容赦無く奪ってしまう。がんはその典型である。

「『がんになって良かった』と言いたい」と叫ぶことが、どれほど正しいことなのだろうか。僕は、過去に発したこの言葉について、未だに自問自答している。がんと闘う強靭な武器である一方で、戦友（患者仲間たち）を、そしてその遺族を、あるいは自分自身をも傷つけうる言葉だからだ。

初めてがんになった際、僕は「死」を目前にしながら、数ヶ月に及ぶ抗がん剤治療を受けることとなった。そしてその最後に待っていたのが、十時間を超す難手術だった。あの言葉は、そんな手術の前夜に、これまでの厳しい道のりを思い出しながらも、闘病記に記したものだった。

その二年後にこのブログを引用してくださったのが、地元新聞の記者だった。彼は僕のことを同級生の父親経由で知り、「若者のがん　不幸と思う?･」のタイトルで正月の新聞の第一面に掲載してくださった。これは本当にありがたいことで、ブログの閲覧数も飛躍的に上がり、感謝してもしきれなかった。おかげさまで今この本を書くことができている。

その後、この記事はネットの大手ニュースサイトにも掲載された。

しかし、予想に反して待っていたのは多くの批判的なコメントだった。

「もっと過酷な病気になってみてください」

「自分に言い聞かせているだけ」

「生きているから言える言葉だ」

「ドM」

「嘘つき」

「そう思い込まないと生きていけないだけ」

「がんになって良かったね」

辛辣《しんらつ》な意見に心を何度も何度も刺された。

無理もなかった。記事タイトルが「がんになって良かった」に変わっていたのだ。人目は引けるだろうが、僕が何ページものブログで伝えたかったのは、そんな表面的な部分ではなかった。
その年の春、ＮＨＫディレクターの木内岳志さんと出会った。僕はその後、白血病を再発し、五月から八月にかけて骨髄移植のため入院したが、その様子や感情の移り変わり、また他の患者さんとの交流を長期間にわたって克明かつ繊細に取材していただき、「ひとモノガタリ」という番組内で放送していただいた。番組タイトルは「〝がんになって良かった〟と言いたい～京大生のＳＮＳ闘病記」だった。
反響は非常に良かったそうだ。番組には多くの意見が寄せられ、そのなかには僕に宛てられた手紙がいくつもあった。そのうちのひとつに、心を打たれた。

「がんになって良かった、これは意外に多くの方が口にされます。私もその一人です。受け入れられない人が多いのは、病を『負』として受け入れる風潮と、命に思いを巡らす機会がないからです。病を経て人生を見直す人の声を聞く機会が必要なのです。今回の番組はその点において非常に深いものでした」

これだ、と思った。僕のなかで忘れていた想いが蘇った。もっと患者の声を伝えなければならない――これが闘病生活を文章に綴《つづ》るなかで気づかされたことだった。病は決して不幸そのものではない、患者を可哀想だと言ってくれるな、と。僕は僕の生き様を形として残し伝えていくから、あなたにはあなた自身の命について「我が事」として考えてほしい、と。

僕は、今の僕が好きだ。がんになり、自分の思いを綴り、そして自らの人生について深く考えることのできる自分が。

がんになることは、それほど悪いことなのだろうか？　世間は、まるで「死」そのものを否定しているように感じられる。「その日」は誰にだって来るというのに。

もし、あなたががんになったら。

そんなふうに本書を読んでいただけたらという期待を胸に、この文章を書いている。

これは僕の物語であると同時に、あなた自身の物語でもあるのだ。

もしかすると、最後まで読んでも「がんになって良かった」とは言えないかもしれない。正しいのか正しくないのか、戸惑うかもしれない。それでも、「がんになって良かったと言いたい」という意見が存在する意味は、分かっていただけると思う。

病気としての「がん」という側面でなく、限りある人生を悔いなく生きるきっかけの「がん」として。

「がんになって良かった」と言いたい　目次

1

宣告

2 ハタチ

3 デイ・ゼロ

4 仲間

5 震えるサイン

プロローグ

思わず目に留まった大学生の一言

NHK「ひとモノガタリ」担当ディレクター　木内岳志

平成最後の2019年1月、「Yahoo! ニュース」のトップ画面に表示された記事の見出しに、思わず目が留まった。

「がんになって良かった」

にわかには理解しがたい言葉に、コメント欄は批判の声であふれていた。
騒ぎの発信源は、度重《たびかさ》なるがんの宣告をうけ、入退院を繰り返している大学生だった。
その大学生は、ブログやSNSで自らの闘病生活を赤裸々に発信。抗がん剤の影響で抜け落ちた髪の毛や、首から胸にかけて残る生々しい手術の痕など、写真やイラストを使って、自らの闘病生活を詳細に紹介していた。そこに綴られた文章は、つらい病を笑い飛ばすかのように、明るく、ユーモアに包まれていた。

日本人の二人にひとりががんを患う時代。いま、ネットで自らの闘病の様子を発信する若い人が増えている。本来なら隠しておきたいはずの病状を、名前も顔も知らない人たちに向け発信するのはどうしてなのだろう。「がんになって良かった」という言葉を発した大学生は、なぜそう思えたのだろう。

深い思いを知りたくて、取材を始めることにした。

がんを宣告された大学生

私たちがその大学生と初めて会ったのは、新しい元号が令和と発表された4月。その大学生が通う京都大学のカフェで待ち合わせることにした。約束の時間ちょうどに現れたのは、山口雄也さん、21歳（当時）。小柄ながらも元気そうな様子で、病気の影響はみじんも感じさせなかった。言葉づかいも丁寧で、あの賑《にぎ》やかなブログを書く人物とは、まるでイメージが違っていた。

京都市に生まれ育った山口さん。小さい頃から運動神経抜群で、中学、高校と陸上部で活躍した。鍛え上げた筋肉が自慢で、しばしば友人に見せびらかしていた。その後、京都大学に現役で合格。公務員の父親を尊敬し、国家公務員になって都市計画に携わる仕事に就くことを目指していた。

しかし、そんな人生が一変する。

大学1年の冬、胚細胞腫瘍《はいさいぼうしゅよう》という数十万人にひとりが患う珍しいがんが見つかったのだ。

「自分の生きてきたその世界とは何か別の出来事やったんで、ショックというよりは何かちゃんと理解し切れてない部分が多くて。

やっぱり自分で調べるんですよ。自分の病名を検索して。

特に胚細胞腫瘍の中でも割と特殊な縦隔《じゅうかく》原発の胚細胞腫瘍やったんで、そこのところの生存率はそんなによくはなくて。

だから、ここで終わってしまうのかなとは思いました」（山口雄也さん）

生きた証しを残したい

「せめて自分が生きた証《あか》しを残したい」

山口さんは、当初、そんな思いからブログを書き始めた。


２０１６年12月8日。本日をもって京大病院に入院する。闘いの幕開け。

風邪をこじらせて患《わずら》った肺炎を発端に、検査で異物が見つかり、事がどんどんと進んだ。

今日は医師から長い説明があり、深刻そうな顔で俺と親に話してきた。

母親は泣きそうになっていたけれど、俺はふんふんと笑顔で頷《うなず》いてやった。

そんなことネットで調べてだーいぶ前から知ってるよ。

明日も生きよう。俺は負けない。

――ブログ『或る闘病記』より

入院中、出会った人から「若いのに可哀想」という言葉を幾度もかけられた。その度、「なんで俺ががんにならなくちゃならないんだ」と嘆いたという。

そんな生活が続いたある日、心に突き刺さる、ある言葉に出会う。

乳がんの闘病中だった小林麻央さんのブログだった。


私が今死んだら、人はどう思うでしょうか。

「まだ34歳の若さで、可哀想に」

「小さな子供を残して、可哀想に」でしょうか??

私は、そんなふうには思われたくありません。

なぜなら、病気になったことが私の人生を代表する出来事ではないからです。

私の人生は、夢を叶え、時に苦しみもがき、愛する人に出会い、2人の宝物を授かり、家族に愛され、愛した、色どり豊かな人生だからです。

だから、与えられた時間を、病気の色だけに支配されることは、やめました。

なりたい自分になる。人生をより色どり豊かなものにするために。

――だって、人生は一度きりだから。

――小林麻央さんのブログより

「ある種、ともに闘うがん患者の一人であり、やっぱりしんどい部分も当時、自分の中で多かった中で（麻央さんの）ブログを読むことで励まされた部分がすごくあって。
各方面からいろんなこと言われるんやろうなって思ったんですけど、でもそれでも自分の芯を貫いて強く生きてはる姿っていうのは、やっぱりなんかこう、自分も頑張ろうと思えるエネルギーの源になりました」（山口さん）

がんに向き合う気持ちが変わった

「可哀想というのは他人の意見であり、私は可哀想ではない」と気づいた山口さん。「自分も人を励ますことができるブログを書きたい」と、闘病生活をユーモアを交えて発信するようになる。

――「今日は割と劇的なビフォーアフターを見ていただきましょう。

僕の髪の毛の変遷です。
風呂に入っただけでこんなに抜けるんですよ。もうホラーですよホラー」
「4人部屋に1人。家の自分の部屋より広いやんけ！
パーティー開けるよね。誰か明日来る？」

――『或る闘病記』より（P30〜32参照）

山口さんのブログは、周囲の人の行動を変えた。それまで病室へ見舞いに行くことをためらっていた友人たちが、次々と訪れるようになったのだ。そして友人たちは、山口さんが持っていた一冊のノートに、励ましのメッセージを書き込んでいった。小学校の同級生から大学の友人まで、実に100人近くが言葉を紡《つむ》いでいった。

家族や友人、恩師など、たくさんの人の優しさを噛みしめた山口さん。憎んでも憎みきれないはずのがんに「この世界は美しい」ということを教えられた。

そして、そのがんを切除する難手術に挑む前日（2017年3月20日）。思わず口を突いて出たのが、あの言葉だった。

「がんになって良かった」

「がんになってしまった以上、がんでない自分は存在しないんですよ。だから僕は、がんになってしまった以上はがんである自分を肯定して、だから、がんというものも肯定して生きている。生き延びることができるのであれば、病になるっていうのは必ずしも悪いことだけじゃない」（山口さん）

にわかには理解できなかった言葉の意味が、少し分かった気がした。

2019新たな闘いの幕開け

初めて会った日、山口さんは、私たちに驚きの事実を告げた。来月入院し、再び、がんとの闘いに挑むことになったというのだ。

実はこの前年、山口さんは、血液のがんである白血病と診断されていた。運良くドナーが見つかり、造血幹細胞移植によって一命をとりとめた。しかしその後、白血病が再発する可能性が極めて高いということが分かった。ひとたび再発すれば、病気の進行を止めるすべはなく、再び移植を受けることになると言うのだ。

そして、山口さんは、私たちにこう伝えた。

「がん患者は可哀想な存在ではないということを、多くの人に知ってもらいたい。もちろんきれい事だけじゃない。がんという病気の怖さも含めて、ありのままを記録してほしい」

山口さんの覚悟に心を打たれた私たちは、密着取材することを決めた。

＊　＊　＊

令和元年（２０１９年）５月。

新たな時代の幕開けとともに、山口さんは地元を離れ、兵庫県の病院に入院した。ある特殊な移植が受けられるからだ。その名はハプロ移植。通常の造血幹細胞移植は、患者と白血球の、型が、一致したドナーの細胞を移植する。一方、ハプロ移植は、あえて型が半分異なるドナーの細胞を移植する。ドナーの正常な免疫細胞が、患者のがん細胞を異物として認識し、攻撃する効果が期待されるためだ。

しかし、正常な細胞まで攻撃するため、激しい拒絶反応を伴う。いわば「諸刃《もろは》の剣《つるぎ》」、医師の間では「勝負ハプロ」と呼ばれる。通常の移植に比べ、はるかにリスクの高い治療法だ。

山口さんが入院したのは、国内でもっとも治療実績が多い医療機関で、一縷《いちる》の望みを託したのだった。

5月下旬、山口さんは両親とともに、主治医に呼び出された。

4畳半にも満たない面談室は緊張感で包まれ、張り裂けそうな空気が漂っていた。

主治医は「都合のいいことだけを知らせても、必ずあとで事実とのギャップが生じてくるので、事前にすべてをご本人とご家族の方に知ってもらい、納得したうえでこれからの治療を受けていただく」と前置きし、こう告げた。

「3年生存率、あるいは5年生存率、だいたい3、4割だと思います。短期的に命を失う可能性は、当然、ゼロではありません」

山口さんは、瞬《まばた》きもせず、じっと主治医を見据えていた。

説明の最後、治療に伴うリスクが記された同意書を手渡された。

この後、山口さんは両親と3人で話し合いを続けた。

そして翌日、同意書にサインし、主治医に手渡した。
移植は6月3日と決まった。

もうひとつのブログ

山口さんのブログは、それまでと変わらず、明るい調子で入院生活が描かれていた。私たちの取材を受けた様子を、マンガを使って面白おかしく表現するなど、一見すると、恐怖をまったく感じていないようにも思われた。
しかし、事実はまったく違っていた。

実は、山口さんはもうひとつ、ブログを綴《つづ》っていたのだ。写真やイラストは一切使わず、文字だけがただひたすら連なるブログ。ユーモアはみじんもなく、がんとの闘いに揺れる心情が、重々しい文体で綴られていた。そのブログに、ハプロ移植について記した一節があった。

——死んでしまうかもしれない。

無論ハプロ移植を選択しなければ、来夏には死んでいるのだ、きっと。「1年は持たない」、主治医はあの場でそう言い切った。

しかしハプロ移植を選択したとして、どうだ。

実際のところ生き延びる保証はどこにもないし、何ならこの夏にだって死んでしまうかもしれないのだ。

病だけはいつまでも執拗に付きまとうのだ。

それでも僕は「がんになって良かった」と言い続けられるのだろうか。

――『ヨシナシゴトの捌《は》け口《ぐち》』より（本書P210～参照）

恐怖を感じていないわけがなかった。

SNSでつながる患者たち

移植まで1週間。山口さんは、面会謝絶の無菌室での闘病を余儀なくされた。事前にがん細胞を減らすために行う放射線の全身照射と抗がん剤の影響で、髪の毛は抜け落ち、腹痛やひどい下痢に襲われた。移植を前に、徐々に身体がむしばまれていった。

山口さんは、ひとり、不安と向き合っていた。

＊
＊
＊

移植の前日、あるＳＮＳが目に留まった。

白血病の治療を続けている競泳の池江璃花子選手が、厳しい食事制限が課される中で、好きな食べ物を書き連ねたものだった。

山口さんは、池江選手にメッセージを送らずにはいられなかった。

池江璃花子様
初めてのリプライ失礼します。
急性リンパ性白血病の21歳です。
明日、移植を行うことになりました。

池江さんのエネルギッシュさには本当に敬服します。

患者として強く後押しされる日々です。

どうかどうか、苦しい局面を乗り越え、これからも溌剌《はつらつ》とされますように。

僕も闘ってきます。

——ツイッターより

移植に臨む不安を少しでも誰かと共有したい一心だった。


この夜、想像もしない出来事が起きた。

山口さんの言葉を読んだ人たちが、次々と応援の声を寄せてくれたのだ。


「移植がうまくいきますように」

「前向きな気持ちで乗り越えて」

「仲間です。応援します！」

・・・

同じ白血病を患う患者からも、たくさんの共感が集まっていた。それは翌朝まで続いたという。

「驚きました。メッセージをくれる人って僕のことを知らないし、僕もその人のことを知らない。でも、なんかこう、つながるじゃないですか。気持ちが通じるっていうか。どこにいるか、男か女か、何歳なのか、わからないですけど、言葉一つで心がすうって。感情がね、変えられるもの。それが各方面から飛んでくるわけですよ。なんか、すごいいいなと思って……。うん、いいですよ」(山口さん)

翌日、病室を訪ねると、山口さんはこれまでになく清々《すがすが》しい表情をしていた。

そして、リスクの高い移植に臨んだ。

今日の骨髄移植、無事に終わりました。

デイ・ゼロ。

すべてが生まれ変わる日。

今日を再出発点として、また頑張ります。

ここからが勝負。命懸け。

昨夜、たくさんの方に応援いただだいて泣いてしまいました。

本当にありがとうございます。

これからも応援いただけると嬉しいです。


生き抜いてやるからな。

――ツイッターより

がんになって得たものは……

「移植直後は何が起きてもおかしくない」として、私たちは取材が許されなかった。

そして10日後。

山口さんは、全身、筋肉痛のような痛みに襲われていた。足は大きく膨れ上がり、歩くことも難しかった。それでも山口さんは「心地よい痛み」と捉えていた。

「おめでとうございます」。病室にやってくるなり、主治医はドナーの細胞が無事に根付いたことを告げた。一方で「感染症や副作用のリスクがあるため、この先3カ月間が本当の勝負になる。スタートラインに立ったにすぎない」と釘を刺した。

待ち受けていたのは、検査、検査、検査の日々だった。週に一度行う骨髄検査は、見ているこちらまでつらくなった。「痛かったら言ってくださいね」と医師は言い、太い注射針を背骨の奥に差し込んでいく。部分麻酔はするものの、ごりごりと針が骨に食い込んでいく感触は残ったままで、山口さんは顔をゆがめていた。

骨髄検査の結果を見ながら、薬の量を徐々に減らしていく。順調に進んでいるかと思えば、急に悪化する。検査結果とのにらみ合いが続いた。病室から出られるのは、トイレとシャワーを使う数十分のみ。残り23時間あまりを病室で過ごした。

孤独な闘病生活が続く中、山口さんの支えとなったのは、SNSでつながった同年代の若い患者仲間とのやりとりだった。「今の気持ちを忘れないために」と思いを歌に込める男性や、闘病の記録をマンガで発信し続けた女性。それぞれが、それぞれのやり方で病と闘う姿は、山口さんに勇気を与えた。

顔も知らない、どこにいるかも知らない人たちだが、「誰かとつながっている」という事実は、掛けがえのないものだった。

幸いにも大きな副作用は表れず、退院できることが決まった。季節はすでに夏真っ盛り。連日、猛暑日を記録していた。こうして100日間におよぶ入院生活が終わった。

密着取材の最後を迎えた日。かつて人々の心をざわつかせたあの言葉を、山口さんはいまどう感じているのか。思い切って聞いてみた。

「多分、初めてSNSで『がんになって良かった』って言ったころは、もっと浅い意味っていうか、がんになったけど、日常生活に戻れたっていう前提みたいなも

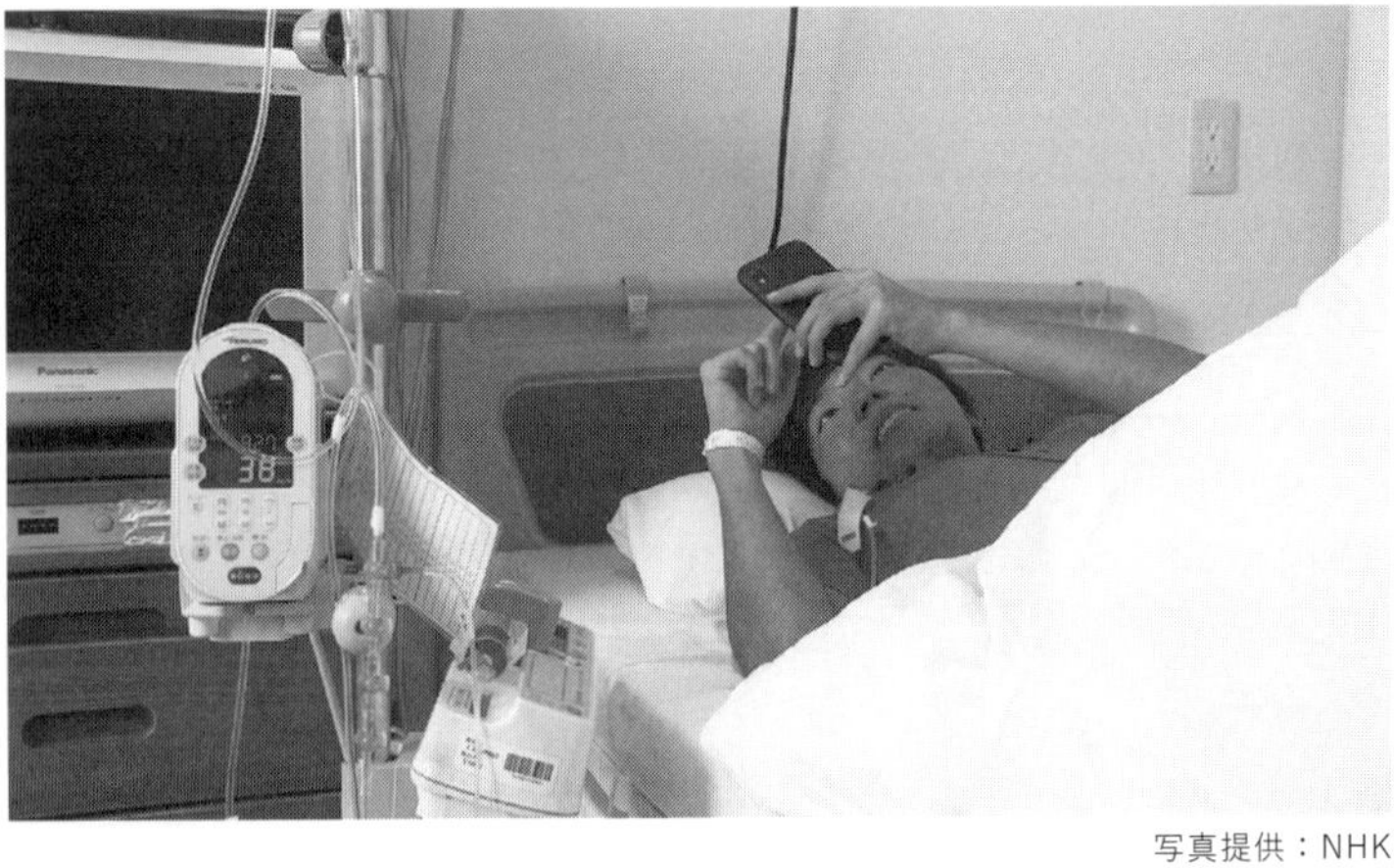

写真提供：NHK

のがあって、その上で、がんにいろんなことを教えてもらえた、がんになって得られたものがたくさんあったみたいな、そういうニュアンスやったと思うんです。

けれど、なんか、この3カ月通して、やっぱり、筋力がむちゃくちゃ落ちたりとか、日常生活にも支障が出るようなレベルにまで体が衰えたというのもあって、ふだんの生活、何げない日常に、なんていうかな、生きててよかったと思える瞬間が増えたし、自分の命としっかり向き合えた。

周りの大学生とか見てると、そんなことを考えて生きてる人なんてやっぱりいなくて、だから、自分はこう、生きるっていうことについて、あるいは、自分の命について、しっかり向き合って生きていけてるんで、そういう意味で、『がんになって良かったんじゃないかな』と思ってます」（山口さん）

病は執拗に付きまとうけど

激動の一年が終わり、年は令和2年へと移ったが、山口さんの闘いは終わっていなかった。

久しぶりに投稿したツイッターは、多くの仲間を驚かせた。

2020年、あけましておめでとうございます。
新年早々、こんなことを言うのもアレですが、
白血病の再発による三度目の移植が決まりました。
次失敗すれば死にます。

勝負の年、何とか生き抜く。

――ツイッターより

ハプロ移植はうまくいったのではなかったのか。いったい彼の身に何が起きたのか。
翌月、彼はその全貌をブログで明らかにした。私たちが密着したころとは比べものにならない、壮絶な日々を過ごしていたことを知った。

若い世代がもっとも多くかかるがん、白血病。その罹患率《りかんりつ》は上昇傾向にあり、毎年1万3千人以上が病気を宣告されている。新型コロナウイルスの感染拡大が続く今も、多くの患者が病と闘っている。

山口さんが初めてがんと診断されて、もうすぐ四年。

生と死の狭間で紡いできたひとつひとつの言葉は、コロナ禍で生きる私たちに、いま、大切な「何か」を気づかせてくれるに違いない。

劇的ビフォーアフター

さて。タイトル通り、今日は割と劇的なビフォーアフターを見ていただきましょう。僕の髪の毛の変遷です。

…と、髪の毛のビフォーを載せようと思ったのですが、あまりに恥ずかしくなったのでやめておきます。昨年の12月30日に抗ガン剤の影響で全て抜け落ちました。

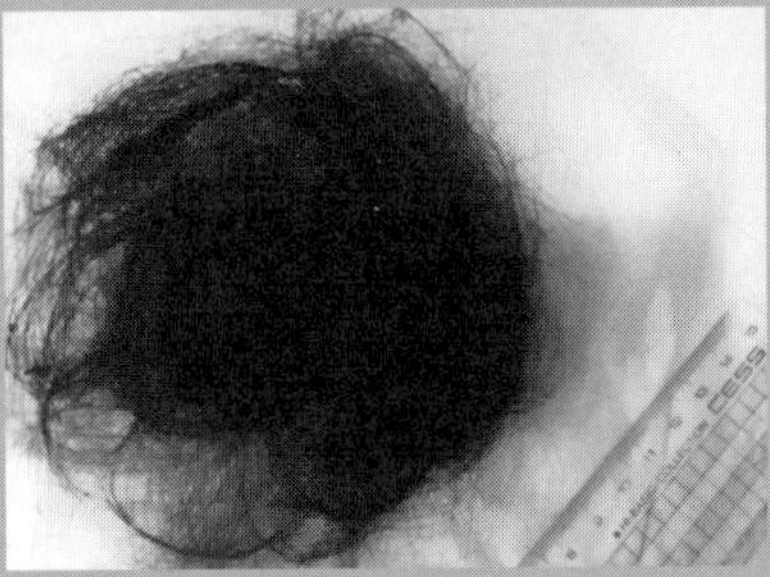

風呂に1回入っただけでこんなに抜けるんですよ。もうホラーですよホラー。シャワー浴びたら水と一緒に髪の毛が流れていくんですよ。夢に出てくるわ。

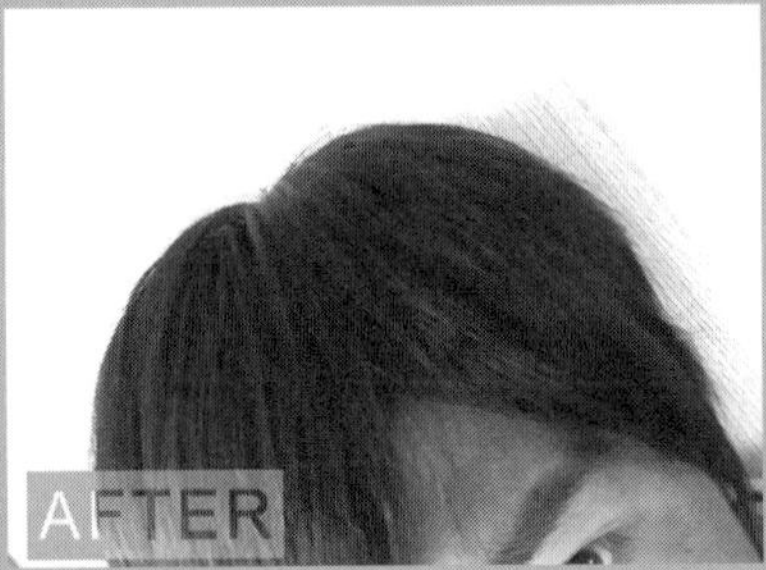

…嘘です。これはウイッグです。

本当にみんな気づかないんですよね。人毛50%使用とかなので、近くで見ても全くわかりません。凄いよな

あ、髪の毛の長い女性の方々は、もし彼氏と別れたりして思い切ってショートにすることがあれば、是非髪の毛を寄付してあげてください。僕は普通にウイッグを買いましたが、以下のNPO法人では、頭髪の悩みを持つ18歳以下の子供に無償で医療用ウィッグを提供しています。ウィッグを作るための人毛は慢性的に不足状態なので、ヘアードネーションにぜひぜひご協力を。
（NPO法人 JAPAN Hair Donation and Charity：www.jhdac.org）

で、現在の僕の髪の毛はこんな感じです。

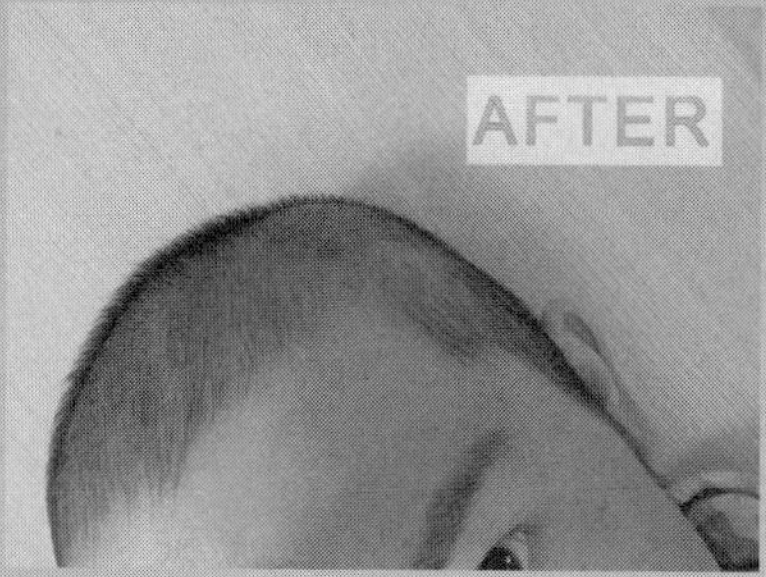

いや笑うなよマジで。この写真載せるん割と勇気いるんやで。笑

もともと髪質が悪いので天パになるかなと思っていたら、割と質のいい髪の毛が生えてきたので安心しました。野球少年と違って、触ってもサラサラなんですよ。元に戻るまではあと半年くらいかかるかな……

（一部抜粋）

2日前

それから手術を前にして医療ドラマにはまりました。コード・ブルーです。ガッキー可愛い。今日も一話分見てから寝ます。消灯後に起きてモゾモゾと携帯触ってると他の患者さんの迷惑になりそうですが、流石《さすが》にこれですよ。

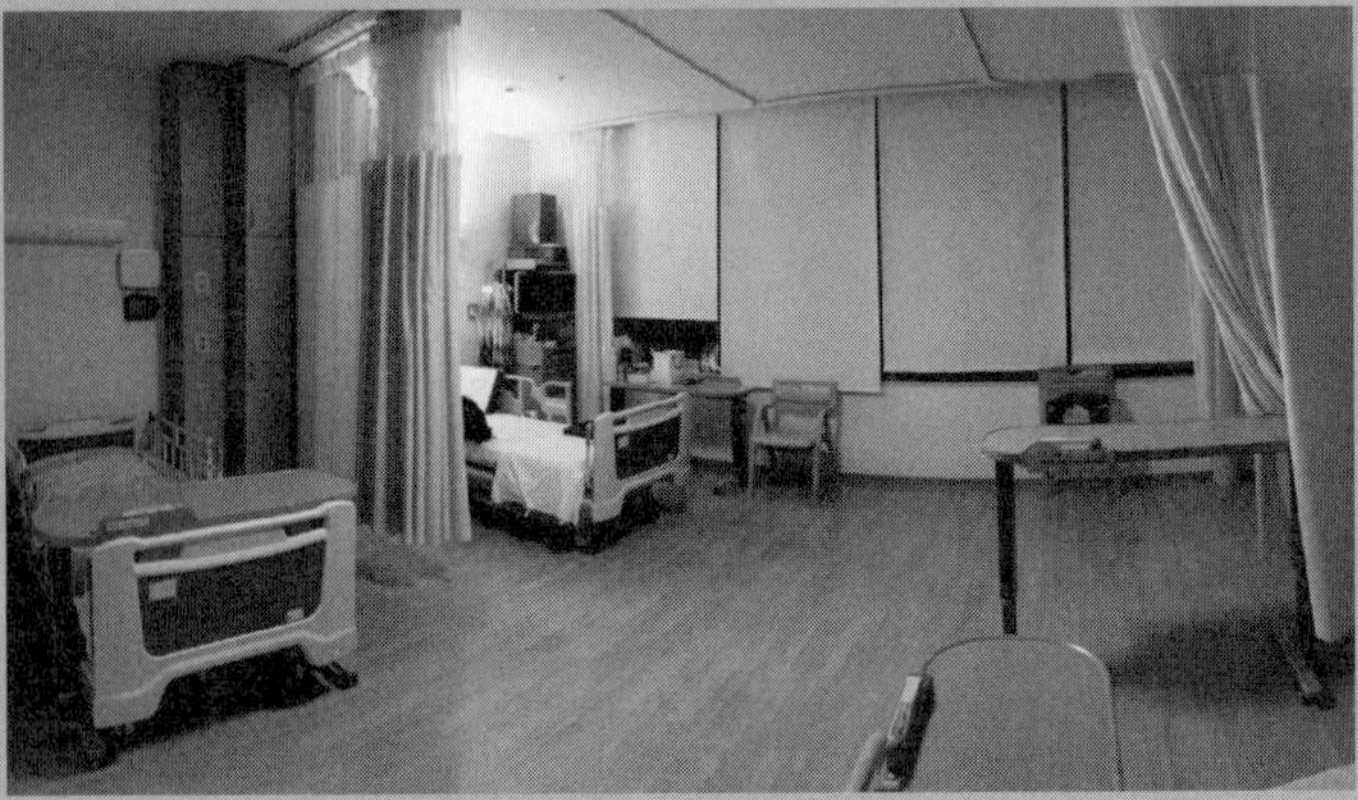

4人部屋に1人。家の自分の部屋より広いやんけ!　日頃の行い良すぎるやろ!!　何やこれ!!!
パーティー開けるよね。誰か明日来る?

あ　そわそわする。
怖いかって?　むしろ逆。
修学旅行の前々日みたいな感じです。

（一部抜粋）

宣告

2016年11月24日、19歳の冬、

僕は京大病院でがんを宣告された。

縦隔胚細胞腫瘍と呼ばれる

予後不良のがんだった。

それが全ての始まりだった。

数ヶ月に及ぶ抗がん剤治療が

幕を開けた。

1

宣告

2016.12.2

がんを宣告された。

がん、か。
がんなのか。
俺はがん患者になってしまったのか。
トービョーセイカツとやらが始まるのか。

状況を即座に飲み込めるほど、歳も経験も重ねてきてはいない。まだ弱冠十九、成人にすら達していなかった。どうして冷静でいられるだろうか。誰であれ、ひとたび死を間近に感ずれば、理解などおろか、慄《おのの》きのあまり腰が抜けたように後退《あとずさ》りするものなのだ。

何が起こっているんだ？　巧妙に仕組まれた壮大なドッキリなのか？　いや、そうだこれは夢に違いない。とんでもない夢だ。胸糞悪い。何だこれは、誰の仕業だ、何の仕打ちだ。俺は今まで真面目に生きてきただろう、なぁ。一体何のバチが当たったっていうのだ。不公平じゃないか。

わけの分からぬまま、英単語を習いたての覚束《おぼつか》ない中学生のごとく、何度も何度も〝がん〟の二文字を繰り返す。がん、がん、がん……。そう繰り返すうちに、この二文字が意味を失ってくる。異様な負のオーラを放っていたはずの名詞が、単なる擬音語のように聞こえてくる。何だがんか、と呟《つぶや》いてみる。

そうすると、何となく腑《ふ》に落ちたような、理解したフリをしているような、まるで九九をただ言われるがままに暗記する幼稚園児の気分になる。「あなたはがん、分かった?」「分かった」。そうしてショートする寸前で思考は停止し、一旦は冷静になる。しかしながら、やはりどうも心の奥の方が受け付けないようで、もう一度跳ね返って戻ってくる。この作業がぐるぐると続く。非建設的なループは終わらない。

全く理解できないのだ。

どうして自分なのか、が。

がんは日本人の死因第一位に長年君臨してきた。僕の祖母もそのひとりで、がんに侵されて昨年この世を去ってしまった。自分もいつかは侵されるのだろうと心の片隅ぐらいには思っていた。

だが流石《さすが》に早くないか？

祖母のお見舞いに行った、まさしくその病院に、ちょうど一年後、自分が入院する。同じくがんで。

十代でがんだなんて、ドラマや映画、あるいは自己とはかけ離れた遠い世界のドキュメンタリー番組のイメージだった。自分にとっては、もはやフィクションと言っても過言ではなかったのだ。それが今、もう既にこの身体を蝕《むしば》んでいるという。自分の体の中で、自分の細胞が、わけの分からない突然変異によって無秩序の増殖を開始し、どういうわけか自らが自らを侵しているという。その勢いはとどまることを知らない。転移さえしている。

どうしてそんなことをするんだ。殺すのか。気が狂っているのか。やめてくれ、頼むからやめてくれ。

恐ろしいのは何ひとつといって自覚症状がないことである。朝起きて、普通にご飯を食べて、大学に行って、友達と講義を受ける。バイトして、帰ってきてご飯を食べて、風呂に入って寝る。そんな普通の生活をしているところに突如としてがんを宣告されるのである。

青天の霹靂《へきれき》。晴れ渡る青空から鳴り響く雷鳴に、身震いさえすることができない。ただ呆然《ぼうぜん》とその場に立ち尽くすばかりである。日常が非日常へと瞬く間に変貌するとき、人は茫然自失として、事の成り行きをただ眺めることしかできない。未曾有《みぞう》の光景に理解が及ばないのである。

やはりどうしてもがんには「死」の形象が伴う。それは当然といえば当然なのかもしれない。もちろんこれまでは、自分の描く人生に「死」など存在していなかった。存在しえなかっただってそうじゃないか、十代で死を意識しながら生活する方がおかしいだろう。

人生の延長線上、地平線の遥か彼方に、終着点が存在することくらいは分かっていた。そこから先は宗教的な世界観を持つことも分かっていた。それは子供の頃から知っていた。諸行無常、盛者必衰《じょうしゃひっすい》。不老長寿の薬などどこの世に存在しない。永遠の命など神も仏も与えない。しかしそれを自分自身のこととして考えることは不可能であった。自分の命に終わりがあることを知っているつもりになっていただけで、実のところはとんだ知ったかぶりだった。何も分かっていなかったのだ。終着点の方へ視線をやったことなど無に等しい。もしかすると凝視したところで見えるものでもなかったかもしれないが。

ただ、そうやって脇目していたのがいけなかったのかもしれない。日常の雑事に気をとられてしまっていた。現在地の足元、その近傍ばかりを気にしていた。

ふと視線を前方に戻せば、「死」が視界に佇《たたず》んでいた。

人生は「死」に向かって歩くものだとばかり思っていた。しかし、時に「死」は自らの足でこちらに向かってくる。走ってくる。顔色ひとつ変えない圧倒的なスピード。知らぬ間に、彼は着実に忍び寄っていた。「達磨《だるま》さんが転んだ」のイメージかもしれない。獣のような低姿勢で脇目もふらずに来る。彼を意識せぬ時間が長いほど、彼は加速する。背を向けると喰《く》いつかれる。

彼は決して笑うことはない。一方で手招きをするわけでもない。ただ無表情のまま、静かにこちらを見つめている。「死」と命名された唯一無二の絶対的存在。無双。古今東西、この世に生きとし生ける万物において彼にかなうものなど皆無である。

この世に生を受けたものは必ず死ぬ。この自然の摂理は十分に理解していた。しかしながら、自分の人生の延長線上に「死」が存在するということには気づかなかった。一般論を具体例に落とし込む、そんな演繹《えんえき》的な考え方には長《た》けていない。これまで、自分の人生に終わりを考えることも、考えさせられることもなかった。だからこそ彼が現れたとき、初めて目にするその姿を、認識することさえできなかった。彼の存在は知っていたものの、それは「御伽噺《おとぎばなし》の世界」であり「伝説上の存在」でしかなかったのだ。何が起こっているのか全く理解できなかった。

青天の霹靂。

生と死は紙一重な気がした。あなたも私も、明日生きている保証はどこにもない。しかしこれだけ書いていても、やはり自分の生が死と隣り合わせにあることすら理解できない。

昨日生きていた。

今日も生きている。

だから明日も明後日も一年後も、そしておそらく十年二十年先も当然のように生きている。

こんな帰納法が成り立つのなら生は永久不滅である。そんなわけがない。愚かな、甘い甘い考えで、人は毎日を生きているのである。馬鹿馬鹿しい。あなたが明日死なないことを、どこのどいつが保証してくれると言うのだ？

生は脆《もろ》い。直立不動だった一輪の花は、いとも簡単に根元から折れて朽ち果てていく。

生きているということ。その儚《はかな》さゆえに「生」は美しいのだということを、もしかするとがんは教えてくれようとしているのかもしれない。一日を大切に生きろというメッセージなのかもしれない。気付くのが遅すぎたのだ。

これからは「死」から目を離せない生活が続くであろう。そしてじりじりと詰め寄られてきた距離を、苦しさに耐え、痛みに耐え、また少しずつ離していかねばならない。筆舌に尽くしがたいほどの苦痛が全身を襲う日も来るであろう。だが、それでも最適な方法を医師が指南してくれるのだ。この状況から楽して逃げられはしない。やるしかない。信じるのみである。死に臆することは彼を有利にしてしまうかもしれない。

数ヶ月で終わるのか、はたまた数年、いや数十年かかるのか。

闘病。相手も本気であるならばこちらも本気になるしかない。ふざけるな、姑息《こそく》に忍び寄ってくるなんていい度胸じゃないか。強く生きてやる。生きながらえてやる。俺はひとりじゃないんだ。

死んでたまるか。

指一本たりとも触れさせやしない。

神

2016.12.17

なんで俺なんだろう。
この数週間で気が狂うほど繰り返した。
どうしてあなたが。
この数週間で誰しもがそう言った。
そんなものに対する答えなんてないのに。

この世に存在する問いの多くには唯一解か、そうでなくとも複数解が用意されている場合がほとんどである。しかし、いくつかの疑問は極めて哲学的で、それゆえに多くの人間を悩ませてきたのだ。

「人はなぜ死ぬのか」

この問いに対する普遍的な解などはもちろん存在しない。ただその一方で、複数の要因を考えることは、実は容易《たやす》いのである。あなたの祖母はなぜ亡くなったのですかと聞かれて、がんです、と答えるのは実にスムーズで自然な流れだ。死亡届にはその原因を書く欄がある。生物学的観点をもってすれば、この問いに答えることはそう難しくはないだろう。

ところがそう簡単に答えられないものもある。

「人はなぜ生きるのか」

先ほどの問いと似たような外見をしているが、これは全くの別物である。この問いに対して流水のごとく答えられるのは新興宗教の教祖くらいのものだろう。哲学の根本とも言えるこの問いに、人類は何千年も挑み続けてきた。しかしながら、答えることは決してできなかった。どこまで突き詰めてもその先があるのだ。まるで世界で最も性能の良い望遠鏡でさえ宇宙の果てを覗くことはできないように。つまり人類の限界なのだ。「円周率はいくつですか」という終わりなき数字の羅列に対して、π《パイ》という記号を付与するのとはわけが違う。「人はなぜ生きるのですか」という問いは果てしなく広がり続けるのであり、もはや一般解を見出そうとすることそのものが不可能、いやナンセンスなのかもしれない。存在していたとしても現時点では観測不可能なのだから。

「どうして俺ががんにならなきゃいけないんだ」

タバコも吸わない。酒も飲まない。栄養バランスも悪くない。運動して肉体も維持し続けてきた。ストレスもちゃんと発散しているつもりだった。それなのに、どうして、どうして俺なんだ。

「どうして俺ががんにならなきゃいけないんだ」

何遍も何遍も繰り返して、ようやく気づいた。

この問いの答えは「観測不可能」なのだ。原因を突き止めようとしたって現時点では不可能である。医療の、人類の限界だ。そんなことをしている暇があったら、体力づくりでもしている方が幾分マシだ。後の結果を良くしうる可能性すらある。

こうなったのも必然か。それとも偶然なのか。

この部分においても僕は大いに悩まされた。そして、結局次のような考えに至った。

僕は、そもそも人生とは偶然の産物であり、それでいて必然の産物であると考えた。「偶然のような必然」と「必然のような偶然」。それは「運命のような奇跡」と「奇跡のような運命」、とも言い換えられるかもしれない。

未来はある範囲で決定している。これが僕自身の考える「必然」である。

例えば、日本にいるあなたは一時間後にアメリカに行くことはできない。そこには様々な制約が働いている。現代の技術では一時間で太平洋を横断するのは不可能であるし、交通の便のせいで一時間後には空港にさえ辿り着いていないかもしれないし、今夜避けられない用事があるかもしれないし、そもそもパスポートを持っていないかもしれない。ある与えられた状況下においてしか、選択肢は発生しない。あなたに「一時間後にアメリカに行く」という選択肢は存在しないのである。

こうやって選択肢を狭めていくと、取りうる選択肢は限られてくる。あなたは多分十秒後もこの文章を読み続けるという選択肢をとってくれているだろう。ありがとうございます。これが「必然」。

逆に「偶然」とは何だろうか。

僕は、人間の意志は自由だと考えている。そこにある程度の宗教的、社会的、倫理的背景が働くとはいえ、我々には思考を創造する自由が与えられている。ある有限の選択範囲のなかで、無限の思考を創造する。そのとき、ある「必然」の範囲内から「偶然」が生まれる。ある定まった「運命」の枠組みから、とんでもない「奇跡」が生じる。人生は、その繰り返しなんじゃないか。

スマホを手に取るという選択肢と、課題をやるという選択肢と、とりあえず寝るという選択肢があって、スマホを見る。そんな些細なことさえも、偶然のような必然で、必然のような偶然。一瞬前の自分が確かに存在して、そして何らかの「必然」と「偶然」によって今ここに「自分」が存在する。現在の自分というのは、過去の自分にとっての「必然」の範囲内から生じたものであり、そして「偶然」にして今ここにいるんじゃないのか。

「どうして俺ががんにならなきゃいけないんだ」

現在の自分を否定するということは、即ち一瞬前の自分を否定することであり、一瞬前の自分に起因する「偶然」と「必然」を嘆くということである。要するに現状自己否定の行為は、あらゆる瞬間に遡って自己を否定することであり、自分自身がこの世に生を受けてから今現在まで過ごしたあらゆる時間を否定することになる。生まれてこなければがんにならなかったのだから。

僕はそういう生き方をしたくはない。

僕は、偶然にしてがんになったし、そして必然的にがんになった。検査で偶然発見されたし、必然的に発見された。それは紛れも無い事実であり、十九年間、いやもっと先代からの、ありとあらゆる偶然と必然の因果によって、今ここにがんと闘う自分がいる。あなたがこの文章を読んでくれているのも、僕自身と何らかの繋がりがあるからだろうし、その出会いさえも何らかの必然であって、そして偶然であったはずなのだ。

偶然と必然の産物であるあなたの人生があって、同じく偶然と必然の産物である私の人生があって、それが何らかの因果によって、多かれ少なかれ交点を持っている。運命のような奇跡であって、奇跡のような運命。そこにはもう、人智の到底及ばぬような大きな力が働いているとしか思えない。偉大な存在にのみ為《な》せる業である。それを「神」と呼んでもいいかもしれない。「神」と呼称すべき光に充ち満ちた存在を感じざるをえない。

崇高たる力を前にすれば、「人はなぜ生きるのか」などという問いが、いかに愚かなものであるかが分かるだろう。

主治医の名前を検索していると、彼の書いたブログを発見した。

「人の生きる意味なんてない、とにかく自分に与えられた時間、境遇を一生懸命生きるのみ」

この一文を見たとき、これこそが本質だ、と強く感じた。直感的に、それでいて疑うことなく、真理だと思った。

人に生きる意味なんてものはない。「生きる意味」という空想概念を追い求めようとするからこそ、「生きる意味を見失う」なんてことがあっさりと言えてしまうのである。生きるということ、その行為には意味なんぞ付与することのできない尊さがある。

何が「生きる意味」だ。何が「不幸」だ。

偶然と必然、その大いなる自然の潮流に身を委ねて生きているということ、それだけでいいじゃないか。途方もなく素晴らしいじゃないか。無数の選択肢から生まれた、運命のような奇跡のような、「人生」という名の一本道。神のみぞ知るその偶然と必然のあらゆる因果に、今、心からの感謝をせねばならない。生きる、ということの本質は、この与えられた「運命」を噛《か》み締め、今ここにいるという「奇跡」に歓喜することなのだから。

僕は今、がんになってしまったけれど、本当は幸せなのかもしれない。

戦場の食

2017.1.18

泣きながら食う白米は格別の味がした。人生の味。

何も分かっていなかった。分かろうとしなかった。逃げていた。

漠然と広がる荒野に音も立てずに吹き付ける乾いた風。決して喜劇ではないが悲劇とも思いたくはない。安らぎを得たわけではないが戦慄するわけでもない。ただぶらりと垂れ下がったまま、しかし少しばかり揺さぶるとはらはらと落ちる枯葉のような、脆《もろ》く淡い感情を抱いて生きている。

平常心。人前ではあまり泣かない。もう泣けなくなったのかもしれない。感情を大っぴらに表現するのは難しいことだ。昔は馬鹿みたいに笑って馬鹿みたいに泣いていた。今振り返れば、あの頃の方がむしろ賢明だったのかもしれない。

耐え難きを耐え、忍び難きを忍んでここにいる。それでも我慢強く溜め込んだ堰堤《ダム》はいずれ基礎から決壊するのだ。大きく音を立てて崩れ去る。貯水が尽き果てて枯れてしまう方が、幾分マシだ。

少しだけ人間をやめてみたいと思った。少しだけ。もう考えることが嫌になったからだ。がんを宣告されたあの頃、心のなかには何らかの淀《よど》みがあった。泥水のような感情が言葉にさえできずに渦巻いていた。息ができなかった。もがくほどに埋もれていった。助けは来なかった。

疲れていたのかもしれない、と思う。それでも、あの夜に見た夢はある種の鮮明な予言だった。僕は死んでいた。死ぬ瞬間というよりも、もう既に、そしてはっきりと横たわっていた。はっとして起きたら暗がりの病室で生きていた。胸に手を当てたらまだ動いていた。どうして……。

死ぬ夢なんて誰しも見たことがあるだろう、自分も初めてのことではない。そして多くの場合は夢の中で死んだ自分を客観的に眺める自分がいる。主観的に死を想像できるほどの頭を持ってはいないから、必然的にそうなるのだろう。

ただ、あれほど現実味を帯びた夢は生まれてこの方見たことがなかった。僕は死んでいた。そして冷たくなった自分を見つめている自分がいた。ねぇどうして死んでいるの?

生きているということと、死ぬということ。その両者間には人間の想像力なんかではどうこうすることのできない高く厚い壁があって、相容《あいい》れることなく反発する両極端のイメージに身体が張り裂けそうになる。

「なぁ、こんなこと聞いていいんか分からんけど、もし、本当に死ぬことになったら、どうする?」

一度、こんなことを聞かれたことがあった。奴は相も変わらずそういう奴だった。突然連絡もなくお見舞いに現れて、さらに一発お見舞いされた。正直言うと痛かった。ノックアウト。もちろん答えられなかった。あの一言がまだ引っかかっている。とっくに取れたと思っていたのに、何だか違和感が残っている。魚の小骨が口の中に突き刺さっているみたいに。

本当に死ぬことになったら、僕はどうするのだろうか。反芻《はんすう》の果てに飲み込むことさえできず、吐き出しそうになる問いに悶《もだ》え苦しんで、そうして気が付いたら寝ていて朝が来ている。あれ以来、そんな日が幾夜かあった。

僕は今まで、若者が誰しもそうであるように、死という概念とは交錯しない次元に生きてきた。それが唐突にも、自身の直線上に死の存在を知らされて生きることになった。しかしながら、死ぬことを決定づけられたわけではなかった。紙一重で異なる次元にいた。自分には、まだ生きる希望がいくらか広がっていた。近々死ぬことが分かって生きるということは、今の自分の生き方とはまた別次元なものなのだ。

本当に死ぬことになったら、どうするのだろうか。

身辺の整理、自身の余命。そんなものを宣告されぬうちから人生の終わり方を考えたくはなかった。

終わりを考えることは即ち終わりに向かうことだと思っていた。

死ぬことを考えることは生きることから逃げることのような気がしていた。

そんなある日、同じ病室のおじいちゃんに話しかけられた。

「あんた、学生さんか?」と聞かれ頷《うなず》くと、嬉しそうに「ほら、ええこっちゃ」と頬《ほほ》に皺《しわ》を寄せて笑った。

彼は御歳《おんとし》八十八歳。潑剌とした老人で、ボケなんて言葉からも程遠いところに生きているように見えた。かつては三菱重工でロケット部品を管理していたというから、なかなかのツワモノだ。ただ、現在の病状の方を尋ねると、少し苦笑いしていた。膀胱《ぼうこう》がんが身体中に転移しているそうだ。そういえば、夜はしばしば辛そうな呻《うめ》き声をあげている。

あの日は戦時中の話をしてくれた。

晴れ渡る冬空の陽は、少しばかり傾きかけていた。ろくに勉強もできず、ただ国家の言われるがまま動いた、そんな時代の話だった。


当時、彼はまだ学生だった。授業は一限しかなかったそうだ。そうして短い授業が終わると、軍の工場に向かう。そんな生活を続けて、卒業後はそのまま三菱重工に入り、戦車を作り続けたという。

「本当は航空隊に志願したんじゃけどな、ひっぱたかれて辞めさせられてしもうた。でもあのまま続けとったらな、ワシは特攻に行ってこの世にはとっくにおらんのや。同期はみな死んだ。不思議なもんやのぉ」

彼は窓の外から淡く差し込む光に目を細めながらそう言った。自分は黙って頷《うなず》いた。もう七十年も前の話になるのだ。

「ワシはのぉ、がんも転移しとるしもう助からんかもしれん。相続のことも色々考えなあかんけん、えらいこっちゃで」

身辺整理も視野に入れて、彼は生きている。その生き方は、自分の生き方とは全く異なる生き方なのだ。生に向かう生と、死に向かう生。しかし彼は慌てふためく素ぶりなど少しも見せず、ただ静かに笑って自分の生涯と老いに向き合っていた。定めを受け入れんとするその姿は、まさに戦争を強く強く生き抜いた日本男児そのものであった。

「ワシがあんたと同じ年の頃はな、自分で考えて行動するいうことができよらんかった。思想も物も何でも統制。今や見てみな、やりたい思たら何でもできよる。無限の可能性がある。それが学生や。生きたいように生きなさい」

生きたいように生きる。それが叶う時代、叶う国に生きている。そのことを噛みしめなければならない。はっとした。

もし、本当に死ぬことになったら。

俺はそれでも最期の一瞬まで、生きたいように生きて死にたい。着実に、焦ることなく、もがくことなく、淡く光る過去の余韻に浸りながら今という瞬間を噛みしめていたい。彼がそうであるように。微塵の後悔もない生であり、そして死でありたい。

それから何より、今この次元においても、常にそういう生き方をしていたい。死に向かうかのごとく生に向かいながら、力強く生きていたい。

そういえば、高校時代の恩師にいただいた三島由紀夫の『葉隠入門』には、かの「武士道とは死ぬことと見つけたり」に続く有名な一文があった。

「毎朝毎夕、改めては死に改めては死に、常住死身《じょうじゅうしにみ》に成《なり》て居《い》る時は、武道に自由を得、一生越度《おちど》なく家職を仕課《しおお》すべき也《なり》。」

三島によると、常に死ぬ覚悟であることが、詰まる所、人生を全うできるということである。今ようやくこの一文が腑に落ちた気がした。若きサムライたれ。

夜中こうして書いている間にも、隣からは微かな呻きと腰をさする音が聞こえてくる。彼にとっては、ここは第二の戦場なのかもしれない。いや、自分にとってもここは戦場だ。個々、静かな戦いが、日々繰り返し行われている。生命のやりとりがある。病院とは、戦場である。しかし皆それぞれの境遇を背負いながら、死と向かい、強く逞《たくま》しく生きている。生の尊さと死の儚《はかな》さを実感し、そうして今この一瞬を噛みしめて生きている。美しい。


あの日、最後に彼はこう言っていた。

「飯さえの、死ぬまで食えたら、そらもう御《おん》の字《じ》じゃわ」

米など手に入らなかった時代。少ない配給。栄養失調。ヤミ市。友を失い、家族を失い、家を失い。そんな時代を生き抜いたであろう彼の口から出た言葉である。

そうして戦後、相模原の戦車が種子島のロケットに変遷してゆく時代を生き抜いた人の言葉である。今、目の前に食があり、ここに豊かに生きているということ、まずその境遇に感謝せねばならない。

「ワシの役目は終わったけんの、あんたらが日本の未来を作らんと」

彼には〝日本男児たれ、若きサムライたれ〟と教えられたような気がした。

だから僕は、この白米一粒一粒に戦場の恵みを感じて、涙せざるを得なかった。時代は違えど、それはもう、身体中に沁み渡る戦場の食だった。

格別の、人生の味がした。

転生

2016.12.31

「人生が変わった日」というものは、誰しも少しくらいあるものだ。受験校に合格した日かもしれないし、今の職場に採用された日かもしれない。あるいは、生涯の伴侶に出会った日かもしれない。しかしそれらは大抵の場合、ある程度想定の範囲内で起こる。もしそうでなくとも「喜ばしいこと」であることの方が多いだろう。

しかし僕にとって、「あの日」はそうでなかったのだ。突然何の前触れもなく唐突に訪れて、僕の人生を大きく変えてしまった。世の中に〝絶対〟なんてない、とはよく言われたものだが、あの日のことだけは生涯、絶対に忘れはしないだろう。絶対に。

二〇一六年十一月二十四日は肌寒い曇天だった。紹介状を片手に母と京大病院に赴き、案内されるがままいくつかの検査をした。しばらくすると診察室に通された。ドラマで見るような雰囲気そのままだった。白衣を纏《まと》った医師がいて、パソコンの画面を静かに見据えていた。

「どうぞ」

僕と母は促された丸椅子に座った。

パソコンで検査画像をいくつか見せられ、それからいくつかの採血データを渡された。そしてよく分からない病名を告げられた。

がんだった。

自分でも意外なほどに悲しくなかった。どちらかというと、烙印《らくいん》を押されたようで、情けなかった。きちんとした食事と適度な運動、そんな健康的な大学生活を否定された気がして、そのことの方がむしろ悔しかった。

事実、自覚症状は皆無だった。きっと運のいい早期発見だったんだ、と自分に強く言い聞かせた。良かった、良かったと胸を撫《な》で下ろしてみた。現代の医療は進化してる、きっと大丈夫だ。大学は休むことになるかもしれないけど、何とかなるさ。

そう強がるしかなかった。

自分の肺あたりに何らかの異常があるのは分かっていた。十月末に風邪を拗《こじ》らせて肺炎になった際にたまたま撮ったCTで、肺の近くに白いモヤがうっすらかかっていて、そのときの主治医が京大病院を紹介してくれた。しかし、まさかがんだなんて夢にも思わなかった。

病院を出て、母親と黙って昼飯を食べた。正確には、母が黙っていたので自分も黙っていた。出てきたオムライスは、かなり美味しそうな見た目とは裏腹に、味がしなかった。味はしなかったけれど、何か言わないといけないような気もして「美味しい」とだけ言っておいた。

「でも見つかって良かった」と、母はただそれだけ呟いて、また黙った。

その日は午後から大学に行った。朝から大学内にはいたが、病院が大学内だというのはあまりに実感が湧かないから、そういう表現の方がむしろ正しい。目と鼻の先なのに、というか病室から見えているのに、環境が全く違うのだ。そこには何ら変わらぬ日常があった。僕は患者ではなくただの学生だった。あそこに行くと、いつでも患者をやめられるから、入院した今でもレポートは自分で出しに行っている。歩いて200m。

その日は3、4、5限を終えて、少し俯《うつむ》きがちに自転車を漕いで帰宅し、夕飯を食べて風呂に入った。湯船にぼーっと浸かった。何かを確かめたかった。風呂から出て、ふと、自分の病名を検索したい衝動に駆られた。

髪の毛が湿ったまま、まだ少し濡れた手でスマホを充電コードから引き抜いて、ロックを開けてブラウザを開く。検索ボックスに自分の病名を打ったところまでは良かった。それはすぐにできた、本当に簡単なことだった。

［縦隔原発胚細胞腫瘍　非セミノーマ］

予測変換でスラスラと出てくる。

問題はそれからだった。検索ボタンを押すことに躊躇《ためら》いが生じる。恐怖心にも似た好奇心か、それとも好奇心のような恐怖心か。葛藤というか悶絶というか、その末に検索ボタンに手をかけた。

サッと画面が切り替わる。

スマホの小さなスクリーンに、所狭しと検索結果が並ぶ。

胚細胞腫瘍（縦隔原発）

5年生存率　40〜50％

縦隔原発胚細胞腫瘍は予後不良（poor prognosis）な疾患とされており……

違う、そんなはずはない。

別のサイトに飛んだ。ふと、ひと昔前の臨床データが目に留まった。

【症例】

非 seminoma 型

1. 48歳 女 1年後死
2. 46歳 男 1年後死
3. 36歳 男 4ヶ月後死
4. 44歳 男 5ヶ月後死
5. 28歳 男 6ヶ月後死
6. 18歳 男 1年後死
7. 26歳 男 5ヶ月後死
8. 26歳 男 2ヶ月後死
9. 42歳 男 11ヶ月後死
10. 68歳 男 8ヶ月後死
11. 22歳 男 3ヶ月後死
12. 25歳 男 6ヶ月後死
13. 31歳 男 観察中3ヶ月生

非 seminoma 型

1	48	女	teratocarcinoma	+	−	−	−	全切	1年後死 腫瘍死
2	46	男	embryonal carcinoma	+	−	−	−	非手術	1年後死 腫瘍死
3	36	男	teratoca.	+	+	−	−	結切	4カ月後死 腫瘍死
4	44	男	emb. ca.+ choriocarcinoma	+	−	−	−	全切	5カ月後死 腫瘍死
5	28	男	chorioca.+ seminoma	−	−	−	ナイトロシンD	結切	6カ月後死 腫瘍死
6	18	男	teratoca.	+	−	−	−	全切	1年後死 腫瘍死
7	26	男	emb. ca.	−	+	−	MMC 5-FU プレドニン	結切	5カ月後死 腫瘍死
8	26	男	teratoca.	−	+	−	5-FU	結切	2カ月後死 腫瘍死
9	42	男	teratoca.	+	+	−	5-FU	結切	11カ月後死 腫瘍死
10	68	男	teratoca.	+	−	−	−	結切	8カ月後死 腫瘍死
11	22	男	teratoca.	+	−	−	−	結切	3カ月後死 腫瘍死
12	25	男	teratoca.	−	+	−	−	結切	6カ月後死 腫瘍死
13	31	男	yolk sac tumor	−	−	Cis. Vin. Bleo. Pred.	観察中	全切	3カ月生

何かが、言葉では決して表現することのできない途轍《とてつ》もない何かが、自分の身体の真上から落ちてきた。

膝から崩れ落ちた。床にスマホを落とした。

意味がわからなかった。

死ぬのか？　俺が？　一年足らずで？


何ひとつ、本当に何ひとつとして理解できなかった。

奇妙な感覚だった。喜怒哀楽いずれでもなく、また怖いでも悔しいでもなく、形のない灰色の煙のような感情が僕のなかで渦巻いて、ただただ呆然としていた。

死ぬのか？

誰に訴えることもできない。誰も悪くない。

しかし確かにその事実が僕の目の前に、逃げられないように道を塞いで横たわっていた。

あの日を境に、僕の人生は変わってしまったのだ。大きな音を立てて、何もかもが。まるで、目の前の線路で転轍機《てんてつき》が急に切り替わり、列車が目的の駅から大きく逸《そ》れてしまうかのように。「人生特急終点行き、当駅で運転打ち切りです。振替輸送はありません」。辿り着きたい場所がたくさんあった。ここで終わってたまるか、と何度も握り拳を膝に打ち付けた。

＊＊＊

入院までは二週間の猶予があった。与えられたわずかな時間を後悔なく過ごさなければならないのは僕にも分かっていた。しかし行動を起こすには、心に括《くく》り付けられた「死」という枷《かせ》があまりに重かった。何をしようにも、これが最後になるのではないか、という考えが脳裏をよぎった。結局、ひとりになるだけだった。

会いたい人達に会おう。そう思ったのも、孤独を打ち消したかったからだろう。僕は入院までに、いくつかの場所を巡ることにした。中学、高校、塾……かつての師を訪ね歩いた。当然半数近くが異動していたが、僕はそれでも電話をかけて会いに行った。友人達に会うとかえって寂しくなるだろうし、必ずや見舞いに来てくれるだろうという理由で会わなかった。

果たして、それは正解だったように思う。僕は昔から師に恵まれていると思っていたが、やはりそれは事実であった。僕は同情よりも命と向き合う言葉を求めていた。そして師は僕が求めていた以上の言葉をかけてくれた。

「あなたは絶対負けない。私が保証する」

そういう力強い言葉の数々は、きっと医師も家族も友人も、かけられなかったと思う。何人もの師が、時に涙しながらも生きる強さを与えてくれた。あれがなければ、死んでいた。言葉の力というものは、時にどのような薬でさえも及ばぬほど強い。

数週間後に個室で主治医から検索した通りのことを告げられたときは、もう慄《おのの》くこともなかった。紙に生

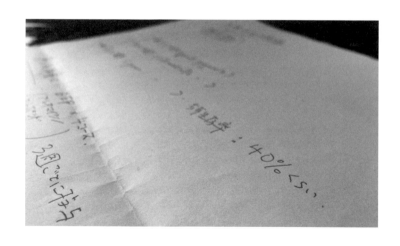

存率40%と書かれたが、笑って頷いてやった。強がっていたわけではなく、希望のようなものを感じていた。

ひと昔前はほとんど治らなかった。今は半数もの人間が生存できる。そこに絶望する理由は全くない。


ただし、「死」を恐れないということは、決して「死」を侮ることではない。これも師に学んだ。言うなれば「死」の絶対性、すなわち「生きとし生けるものはいずれ必ず死ぬ」という摂理の偉大さに敬服する感覚に似ているかもしれない。


失って初めて真の有り難《あがた》みを知り、離れて初めてその偉大さに直面する。それが、ありふれたものであればあるほど、僕たちはそれが「存在しない状態」を認識することができない。生きるということも、そういう「ありふれたもの」なのだ。

だからこそ僕は、ある生き方をしようと思った。一年後の今日は、もうこの世にはいない。そんな生き方を。

ネガティブに感じられるかもしれない。しかしそれは実際のところ、非常にポジティブな考え方なのだ。諦念ではなく、むしろ決意と信念である。どんな日も、もう返ってはこない。当たり前のことだが、この点をなおざりにして「生」を享受することはできないだろう。これが最後、そう考えると一日一日がとても貴重なものになる。どのみち、この病院を去るときにはまた新しい生き方が始まるのだ。この拍動が続いていても、そうでなくとも。いずれにせよ、明日は最後の一月一日。希望の光に満ち溢れた一月一日。

何事もなく人生を送っていて見えていた部分はまさに一角にすぎなかった。氷山の大きさは地上にいても決して分からない。冷水の底に沈められて初めてその存在の大きさに気付く。しかし取り巻く環境を冷水だと思っているようでは、水面に浮き上がる前にことされるだろう。冷水にも光は差す。あと1m浮上すれば見えるかもしれない。もがく。一縷《いちる》の望みに懸けて、もがく。いつしか明るい陽の目を見ることを信じて疑わない。

「悲劇のヒーローになるな」

師の一人はそう言った。どんな逆境も、心の持ち方一つで状況を変えるきっかけになる。きっとこれも、悲劇そのものではないのだ。谷だらけの人生も、山がなければ始まらない。

もし人生をやり直せるとしたら、僕はもう一度同じ生き方をするだろう。

今の家族のもとに生まれて、同じ保育園・小中学校・高校・大学に通って、同じ友人達、先輩後輩に出会って、同じ先生方に出会って、陸上競技やピアノや愛車に出会って。そうして十九歳一ヶ月にして何十万人に一人とかいう確率のがんになる。僕はそれでいいし、それがいい。それしかない。

僕は恵まれていたし、最も幸せな道を歩んできた。この愛すべき世界と出会って、愛すべき多くの人々と共に過ごしてきた。過去はもう返ってこないけれど、その全てをもう一度経験したいほど、どれもが素晴らしかった。


僕はもう死を恐れてはいないし、それでいて死なない。保証されてはいないけど、無条件に信じている。信じることに理由はいらない。希望と勇気と忍耐さえあれば充分。統計や確率なんて当てにならないし、A判定だろうがE判定だろうが個人に帰すればゼロかイチかでしかない。僕はA判定でも笑わないしE判定でも屈しない、そういう生き方をしたい。

ここは戦場だ。敗北を恐れて勝利なし、死を恐れて生還なし。兜の緒は常に締めよ。これこそ高校時代の陸上競技で培った「サムライ魂」の本来の在り方かもしれない。感謝なくして成長なし。

みみっちいことで悩んでいた昔の自分が馬鹿みたいだ。悩んで何になる。根拠がなくても信じていいだろう。世の中には理屈で説明できないことの方が多いから。そうじゃなきゃ面白くない。

明日は最後の元日。そして一年後の元日、僕は生きている。
前者は決意で後者は信念だ。矛盾は一切ない。
絶対に生きてるさ。絶対に。
そう信じて明日を生きる。

新たな年の幕開け。勝負の年。天王山。

あなたは明日を、どう生きるだろうか。

ストレート・ライン

2017.1.21

一直線に走りなさい、と教えられてきた。

真っ直ぐに歩きなさい、と手ほどきされてきた。

教えられた気になっていただけかもしれないけれど、それが美徳だった。

歩んできた道に穢《けが》れの一点さえも残さないことこそが美しい生き方だと思っていた。

蛇行は許されない。最短距離かつ最速。これが好きだった。


確かに山があり、そして谷もあった。しかしそこには必ず道があった。

橋がありトンネルがあった。目抜き通りであれ獣道《けものみち》であれ、足は定められた方向にしか進まなかった。寄り道は時間の無駄だと感じていた。遠回りはエネルギーの無駄だと思っていた。道を外れることなど言語道断だった。

ところが、山道を一直線に走りながら遥か未来ばかりを見つめていたら滑落した。あっ、と身構えたときにはもう遅かった。

まさかそんな災難が自分に降りかかるとは思う由《よし》もなかった。

「あなたは助からないかもしれない」、そう告げられた。

はじめて道を外れた。五里霧中だった。


ストレート・ライン。


「あなたはいつも走ってきた。走りすぎたのかしら」

あの先生はそう言った。

「これは少し休みなさいというサイン」

滑落したときは絶望した。描いていた道から外れたということ、もう元には戻れないかもしれないということ、その不安が頭の中を埋め尽くした。酸素の供給が断ち切られた気がした。


がん。

今生きるという行為は未来のための投資だと思っていた。道を外れることは未来を壊滅させるに等しかった。そんなとき、寄り道こそが人生なんだ、と教えてくれた大人がいた。何人もいた。

それぞれ、切り口は全く違った。会社員や青年海外協力隊を経て教師になられた恩師。もう時効だからといって大学で驚くほど留年した話をしてくれた小学校の先生と大学の教授。人生を達観したような顔つきの元学年主任。塾の先生。

そして一浪一留を今になって打ち明けた親父。

地道に生きよう。そう強く思った。駆け足もいいけれど、何か美しい景色を見逃してしまいそうな気がする。そうそう、「地道」はもともと馬術用語らしい。馬の乗り方のうち最も速いのが「駆け」、次に「のり」、そして最も遅い並み足が「地道」だそうだ。「駆け」では道端の一輪の花に気づけないだろうし、寄り道もうまくできない。「地道」で歩を進める。

僕は人生を「自然の大いなる潮流」の一部だとする考え方が好きだ。生きるということは、流れに身を任せて蛇行することなんだと気付いた。ストレート・ラインなど描けるわけがないし、むしろ蛇行する人生の方が幾分面白いのだろう。

もがいてはいけない。

人生はもがいてはいけないと思う。

流れに呑まれたとき、もがくと体力を消耗して溺れてしまうのは誰しもが知っているはずだ。海で溺れたときは服を脱いで仰向《あおむ》けになるのがいいですよ、なんてニュースでよくやっている。人生に溺れそうになったら、纏《まと》わりつくものを取っ払って空でも眺めていればいい、そうすれば何とでもなるのだろう。

「集中しすぎないのが真の集中だ」と僕が尊敬するアスリート兼哲学者の為末大さんは講演会で言っていた。集中していることを自覚しているうちは集中していないのだそうだ。フローと呼ばれる超集中状態では、身体は非常にリラックスしているという。スポーツでも勉強でもそうだし、これは結局生きることにも通じる気がする。生きることに集中しているうちは生きられない。溺れないようにしようと思っていては溺れてしまう。ガチガチになっていては良いパフォーマンスは生まれないのだ。

もし苦しくなったら、もがく前に裸になればいい。晴れも雨も、見方を変えればどちらも恵みなのである。そして空ばかり見て最近気付いたのだけれど、週に一度くらいは雨のち晴れの日があって、虹が出ている。

人生はもがいてはいけない。

惰性ではないけれど、流れに身を任せて。エネルギーがあるなら逆行せず順行で泳げばいい。

潮の流れは追い風に変わる。息を継ぐたびに空を見て、そしてたまには仰向けになる。仰向けになっても流れがあるから実は進んでいる。

未来のために生きるのではなく、今を生きる。

結局それがいちばんの近道だったりする。「必死に生きる」なんて言葉、〝死〟と〝生〟の文字が同列していて気持ち悪い。地道に生きればいい。

何もないよりは集中した方がいいのだろうけど、僕はフローの境地に達したい。流されるがままに泳ぎ、自然と寄り道しながら、天気のいい日は仰向けになって空を見上げていたい。

ふと「ストレート」の単語を英和辞典で引いてみると、"Live straight" という熟語があった。訳が「地道に生きる」だと知ったとき、必ずしも直線だけがストレートではないのだ、と思い知らされたのだった。

兵庫医科大学

3・12

2017.3.12

鋭く尖《とが》っていた風が柔らかくなった。
刺すような冷たさが包み込むような暖かさに変わった。
霞みがかった薄青の陽気には、生命を躍動させる力がある。
両手を広げて道の真ん中で寝そべってやりたい。

がんが見つかったのは昨年の初冬だった。また冬が嫌いになってしまった。小さい頃は白銀に輝いていたものが、今となってはどうも光沢のない灰白色にしか映らない。もう風の子ではなくなったのだろうか。

夏の終わりが郷愁だとすれば、冬の終わりは希望に等しい。春が待ち遠しくて待ち遠しくて、だからついに訪れたこの暖かさにずっと守られていたい気がする。

張り詰めた空気がようやく弛緩《しかん》したのは、去年も同じだった。先日高校に行ったとき、合格報告に来た生徒が先生と抱き合って泣いているのを見て、少し懐かしく感じた。青春。極度の緊張が一気に解放されると、人間泣いてしまうようだ。

あのとき大学に受かっていなかったら、今年は受けられなかっただろうなぁ、なんて思う。

職員室に行って元担任の先生とひとしきり話をしたあと、僕の大好きだった国語の先生にもお会いした。

治療や手術について話をした。先生は黙って聞いたあと、何かを話し始めた。先生の話は含蓄があって高校生の頃からずっと好きだった。だからその口からどんな言葉が出てくるのか楽しみだった。にもかかわらず「何か」と書いたのは、最初の方の言葉を後から来た言葉が掻《か》っ攫《さら》っていったからである。

ふと、先生はこう呟いたのだった。あまりにも唐突だった。


「私は明日死ぬかもしれないからね」

唐突、というのは語弊があるかもしれない。僕はその前後の話を右から左に聞いていたつもりはなくて、その一言のインパクトが大きすぎたのか、もしかすると両方なのかもしれないが、とにかくその一言が耳にこびりついた。
「誰だってそうじゃないですか、極論を言うとね。
だからいつ死んでもいいと思って生きてる」
明日死ぬかもしれないと感じて生きている人間がこの世にどれくらいいるだろうか。

二万人近い人々が今日を迎えられなかったあの出来事から、ちょうど六年が経った。明日が来ることを信じて疑わなかった二万の命が失われた。二万。二〇〇〇〇。あの日、人の背丈を優に超える津波から逃げる人々の姿を、僕はテレビの中の出来事として捉えるので精一杯だった。

自分は十九年間、明日という日が来ることを無意識に信じて疑わなかったし、今日が来たことを確認さえもしなかった。そして事実、十九年間ずっと今日という日が訪れ続けた。だから明日が来ないかもしれないということは、そして今日が来なかったかもしれないということは、もはや文字の上でさえ理解することができない。リアリティの欠片《かけら》もない。
人生とは皮肉なもので、失ってからしか理解することのできない尊さが数多くある。自分にはやはり家族がいて、父も母も弟も、また明日同じように食卓を囲む。あるいは友人がいて、先輩や後輩がいて、たとえそれが遠く離れていたとしても、また会う日を信じて疑いはしない。小中高の先生でも、親族や近所の人であってもそう。

しかしそれは単なる妄想にすぎない。吹けば飛ぶような幻。万人に等しく明日が訪れることは決してない。

「私は明日死ぬかもしれない」

あれは疑念でも畏怖でも何でもなかった。口で言うのは容易いけれど、でもあの先生は普段からそういう風に生きておられるのだろう。自分もそういう生き方がしたい。

大抵の人は、死にたくないときに死ぬ。あの日亡くなった二万人のうち、死にたかった人はどれだけいたのだろう。当たり前の日常なんて幻でしかない。

いつ死んでもいいなんて境地には、自分はおそらく立つことはできない。けれども、今日できることを今日やって、当たり前でない「当たり前」にひとつでも多く気付くことくらいならできそうな気がする。失ってから気付かされるような人生は御免だ。明日が来なかったとして、後悔するような今日を過ごしたくはない。今日が最後になるかもしれないとして、それでいいのかと問い続けていたい。

今朝、起きるといつも通り今日が来ていた。当たり前ではない〃いつも通り〃。外に出てみると少し肌寒かったけれど、冬ではなく間違いなく春だった。春の匂いがしていた。ふと、肺を切ると言われたのを思い出して、この空気を今のうちに胸いっぱい吸い込んでおかなければいけない気がした。それさえも当たり前ではなくなるから。

手術まであと九日しかない。

手を伸ばして大きく深呼吸をすると、春の空は青く青く澄んでいた。今日が訪れたことに感謝しよう、そして春が訪れたことにも感謝しよう、そう思った。

あの日、今日が来なかった人のためにも。

ハタチ

2017年3月21日、
呼吸器外科へ転科してがん切除の手術を行った。
十時間を超える大手術の末、
僕が目を覚ましたのは二日後だった。
これは、その手術後、
病棟で出会った患者さんの話である。

2

望み

2017.3.30

僕達は似ていた。
性格。傷跡の長さ。気の持ち方。車が好きなところ。野球ファン。
ひとつ大きく違うとすれば、それは、この世に存在する病が治せるものと治せないものに大別されるという前提において、僕は前者で彼は後者である、ということだった。

僕が入院している呼吸器外科には肺移植された患者さんが多くいて、彼はそのひとりだった。京大病院は日本に十施設しかない肺移植手術のできる限られた病院のひとつであり、また日本で初めて生体肺移植を行ない、僕の手術にも立ち会ってくれた伊達洋至《ひろし》教授がいる。その伊達教授に彼が最後の望みを託したのは、三年前のことだった。

四歳になる子供がいるという彼は、僕の父よりはひとまわりほど若かった。

肺移植で日本の最先端を行く京大病院には日本全国から患者が集まる。彼は三重県在住だった。

気さくに声をかけてくれたのは、僕が彼と同じ大部屋に移った一週間ほど前のことだ。僕達はすぐに歳の差を忘れるほど仲良くなった。当初は四人部屋に二人しかいなかったから、何だか共同生活のようだった。文字通り寝食を共にした。

彼は膠原病《こうげんびょう》に侵されていた。発覚したのは三十五歳のときだった。

膠原病とは、平たく言えば自己免疫疾患であり、自らの免疫系が自分自身を攻撃するという、未だに原因不明の恐ろしい病気である。膠原病の治療法を確立することができればノーベル賞は確実であるとまで言われている、いわゆる「難病」だ。自分の体が自身を攻撃するのを、ただ黙って眺めることしかできない。根本的な治療法は存在しない。そんな不治の病と闘う彼の気持ちなど、推し量ろうとすることさえ憚《はばか》られてしまいそうである。

「膠原病」というのは「がん」と同じく、病気の総称である。

僕の病名ががんの中でも〝縦隔原発胚細胞腫瘍〟であるように、彼の病名は膠原病のひとつ、〝全身性強皮症〟であった。これは全身の皮膚が硬くなっていくだけでなく、末梢《まっしょう》循環障害と呼ばれる、手足の血行が非常に悪くなる障害を伴い、さらには全身の様々な臓器が病変していくという、難病中の難病である。この病に侵され続けて彼の肺はみるみるうちにボロボロになり、ついに数年前、このままでは死ぬ、というところまできたという。間質性肺炎だ。

そこで彼が頼ったのがこの病院だった。脳死肺移植に、生きる希望を託したのである。2年生存率が50％を切った者は、肺移植を受けることができるのだ。

しかし、いくら最先端とはいえ、肺移植のリスクは極めて高い。移植後に、その肺が動き出さないことが多々あるからだ。そうなれば、もうこの世には帰ってこられない。全身麻酔で眠らされた後、二度と目覚めることはない。肺移植は心臓移植をはじめとする他のどの移植手術よりも難しく、術後生存率も極めて低いのである。

彼が昔、病院で仲良くなったという移植手術待ちの女性も、そうだった。手術前に交わした言葉を最期に、もう二度と会うことはなかったという。優しく、潑剌とした方だったそうだ。

肺移植に臨む際には、死を覚悟せねばならない。

一方で、脳死の連絡は突然にやってくる。何年も何年もドナーの提供を待って、そしてある日、昼夜を問わずに「明日、移植手術を受けられますか？」と電話がかかってくるのである。さらには一時間以内に返事をし、四時間以内に病院に行かねばならない。そういう取り決めだ。臓器には鮮度が要求されるため、手術はすぐに始まる。彼はどれだけの思いを持って移植手術に臨んだことだろうか。それを慮《おもんぱか》ることは、もはや不可能に近い。

そして彼の肺移植の場合も、やはり拒絶反応があったそうだ。数時間肺が動き出さなかったという。彼の妻は、彼の死を覚悟したようだ。

しかしながら、幸運にも彼は自力で息を吹き返した。麻酔から覚めることができたのである。術後しばらくして退院し、妻と病院のすぐそばにある鴨川を歩いていたとき、生きていることが嬉しくて嬉しくて、涙が止まらなかったそうだ。どうして俺はこうやって生きていられるんだろう、そう思って泣き続けたという。

ゆっくりとそんな話をしてくれながら、彼は眼鏡を外して溢れてきた涙を拭った。

おっさん、あんた頑張ってるんだな。

それからしばらくして車の話になった。愛車は何に乗っているんですか、と彼に聞くと、今は車に乗っていない、という答えが返ってきた。薬を飲み続けている限り、運転はしてはならないことになっているそうだ。

しまった、と思った。職だけでなく、趣味さえも取り上げられてしまうのか。もしこれが自分だったら、何を楽しみに生きていいか分からなくなるかもしれない。

「でもさ、生きる希望はあるんよ」彼はそう言った。

「息子がね、おるから。俺の方が確実に先死ぬんやけど、いつまで生きられるやろか、せめて小学生になるまではさ。いや、中学生、高校生になったのも見てみたいなぁ。どうやろ。それが今のいちばんの希望かな」

微笑む彼の眼差しの奥は、どこか寂しそうだった。

人生とは、理不尽である。自ら命を絶つ人もいれば、こうして生きたくても生きられない人もおり、あるいは何も考えずに生きている人もいる。彼の息子が僕と同じ年齢になったとき、果たして彼は生きているのだろうか。

生きていてほしい。

僕は、もし親を亡くしたらここまで生きてこられなかっただろう。親にとっての生きる希望が子であるように、子にとってもまた、生きる希望は親なのである。子がいるから生きられるように、親がいるから生きられる。それが、家族というものだ。

彼の病は今も少しずつ進行していっている。その事実に、僕は耐えることができない。現代医学の最高の手を尽くしても治ることのない病に、やり場のない憤りを覚える。こんな理不尽なことがあっていいのか。彼は息子が大人になるのを見たいだけなんだ。それ以外何も望んでいない。こんなことがあってたまるか。

たとえ理不尽だったとしても、一方で、そこにある事実は微動だにしない。これが現実というものである。しかし、こんなにも運命は変えられないものなのだろうか。彼は何も悪いことなどしていない。普通の人生を歩んでいる道中、突如として原因不明の不治の病が立ちはだかるのである。

「病気になるとさ、色んなことが見えてくるよね。それにはすごい感謝してるかな。でもこんな病気にはなったらいかんよ」

こんな病気になってはいけない、という彼の言葉が胸の奥深くまで突き刺さって取れなかった。おそらく、一生突き刺さったままだろう。

確かに、僕は若くして本当にいい経験をさせてもらっている。命の重みを知ることは、このような状況下でしかできない。そして、こんなことを経験をしながら、多少の不足こそあれ、また何事もなく普通の生活に戻ることができるかもしれない。彼はそれを「羨ましい」と言っていた。僕は複雑な気持ちだった。彼は僕と違って元に戻ることができない。

彼は先日、一旦病院を退院した。検査入院だったから、まだ結果は出ていないようである。連絡先を交換して、「結果次第で、もしまた入院されたら、授業の合間にでもすぐ飛んできますよ」と言ったけれど、正直なところ、もう彼と病院で会うことはしたくなかった。病院を去る彼の背中を見て、もうここに来ることのないよう祈るばかりだった。


昨日、何となく思い立って、病院を勝手に抜け出して鴨川に行った。どうしても一旦ここを離れたくなった。川辺を歩くと、青と白を混ぜた水彩絵具に水をたっぷり含ませたような空が広がっていた。あの空は、病室から見るのっぺりとした空とはまるで違っていた。鷹が大きく弧を描いて飛んでいた。水辺に鴨がたむろしていた。風が澄んでいた。でも、心は晴れなかった。

自分自身の病が前者であることを手放しで喜ぶことは、もはやできなかった。為《な》すすべもない人間のひ弱さを思い知らされた。負け戦《いくさ》に希望を持って闘うことの無念さを痛感した。このやり場のない怒りと悲しみは、どこに散らしておけばいいのだろうか。

僕は多分、一生残るであろう胸の傷を見るたびに、彼を思い出すことだろう。

癒えぬ病と共に生きるということ。他人の痛みは、決して分からない。それでも僕は彼と心のどこかで繋がっていたい。僕は自分自身のおかれた境遇に感謝せざるをえない。しかし一方で、その感謝が歓喜になってはいけない、とも思う。彼のような人は数多くいるのだ。そのことを忘れてはならない。

メスを入れた傷が消えることなく、いつまでもいつまでも身体に刻まれ続けていることを祈って、鴨川を後にした。怒りと悲しみは、そこに無理矢理捨ててくることにした。

彼にはまだまだやるべきことがたくさんある。息子の制服姿を見たり、息子にドライブに連れて行ってもらったり、家族みんなで酒を飲み交わしたり、結婚を見届けたり。読み書きもまだまともにできない子が、立派に成長していくのを確かめねばならない。医学の発展が、彼の病を後者から前者へ変えることを切に望むほかなかった。

彼が、妻と息子と三人で、出来るだけ長く寄り添って歩けるよう、心から願うばかりだった。

手術の結果は良好で、

主治医は僕のがんが

完全寛解《かんかい》に至ったと告げた。

傷口の治り具合と相談しながら、

入院は形ばかりで、

この頃には外出許可を貰って

大学で講義を受けるほどにまで回復していた。

待ち望んだ春が訪れていた。

桜

2017.4.24

散ればこそ　いとど桜はめでたけれ
憂き世になにか　久しかるべき

——『伊勢物語』八十二、詠み人知らず

今年も桜が咲いていた。道行く人が思わず立ち止まり上を見上げる、そんな季節だった。入院中、幾度となく歩いた鴨川も、仄《ほの》かな桃色で彩られていた。凍てつく寒さの中、いたたまれなくて病院を飛び出したあの日の川辺の面影は、もうすっかり東風に吹かれてどこかへ行ってしまっていた。

まだまだ退院までは遠いけれど、ひとまず寛解だと告げられて、長かった春への道のりを、少しばかり回顧していた。

強いね、とよく言われたけれど、決して強くはなかった。強がることには昔から長《た》けていたから、そうしていただけだった。死にますよ、と言われて平気な顔をしているフリをしていた。見栄だけは一人前だった。そのうちにどれが自分の感情なのかを見失ってしまった。

治って良かったね、とよく言われた。自分は確かに見栄を張って笑って頷くけれど、心ここにあらずなことが多い。もう笑っているのか口を結んでいるのか、泣いているのか怒っているのか、果たしてどれが自分の感情が創り出した表情なのか分からなくなってしまった。

心は無表情のまま、ただ脳に従って、顔だけに物理的な繕《つくろ》いを生み出している気がする。コミュニケーションの潤滑油として、ありもしないところから無理に表情を引っ張ってくる。生ぬるい無造作な皺《しわ》が、心との温度差を生じる。

がんになったとき、自覚が全くなかったように、寛解を告げられたときも、やはり自覚はなかった。全てが無知覚だった。

がんに治癒なんてあるのだろうか。寛解と治癒とは似て否なるものだ。再発と併発の影に振り向きながら歩く。

五年以内に死ぬだろうと思って生きることの恐怖と失望とは、あなたには決して分からない。なぜなら自分にもさっぱり分からなかったからだ。「死」が分からないから、何に対して恐れ、何に対して悲観しているのか、それさえも分からなかった。分からない、ということに対して悶《もだ》え、怒り、泣いた。

ひとつ言えることは、僕自身のがんが再発する可能性は少なからずあり、そして死ぬ可能性も消えたわけではないということである。自分のがんが治癒したかどうかなんて、十年経っても分からない。背水を気にせずどう生きろというのか。

一方で、自分の存在がこの世から消えうることを恐れていたかというと、そうではなかった。人間どうせ死ぬんだから、いつでもいいんじゃない？　みたいに考えることもあって、それはある意味では間違っていて、ある意味では正しい。絶対的「死」を超えられるものが今までにあっただろうか？　憂《う》き世に何か久しかるべき、とは千年経《た》てど変わらないし、科学が自然を凌駕することは決してない。万物無常、早かれ遅かれいつかはサヨウナラ。じゃあ悲哀の対象はというと、〝存在がなくなること〟ではなくて、むしろ〝忘れられること〟だった気がする。

散ればこそ、めでたけれ。

桜というものは咲いては散るから、その刹那の美しさに気が気でなく振り回されてしまうのだ、と詠んだ在原業平《ありわらのなりひら》に対して、桜は散るからこそ美しいのですよ、この世に永久に生き続けるものはありません、との返し。それが詠み人を知らぬ冒頭の歌である。

桜の美しさが、それ自身が散ることによって担保されるように、生命もまた死ぬことによって美しくあるのかもしれない。さすれば、その美しさは残酷である。巨木を成していた集合体は、風に吹かれて芥《あくた》と化す。道端に散り、雨に踏まれて滲んだ薄桃の花びらは、いつしか土に還り、そして忘れられる。我々が桜を覚えているのは、年に一度必ず春がやってくるからだ。

人の死が残酷であるのは、長い歳月が、その人が生きたという記憶を抹消するがゆえのことである。散った生命が再び花咲くことは決してない。そうして記憶から消されたものは、その時点において二度目の死を迎える。これは恒久的な死である。永年の冬である。

人が死を恐れるのは、死が不可逆ゆえではないと思う。少なくとも自分の場合、初めはそうであったものの、入院生活を送る中で変わってきた。最も恐るべきは「忘れられること」であった。「わたし」が生きたという証《あか》しさえもが土に還ることを、恐れていた。あなたに会えないことよりも、あなたに忘れられることの方が恐ろしい。生きたことが忘れられたとき、「わたし」はその人にとって存在しなかったことになる。その人を忘れたとき、あなたは無意識にその人を殺している。

それでも、いつかは忘れられるものだ。どう足掻《あが》こうと生命はいつか失われる運命にあるし、その生命の記憶もやがては消されてしまう。恐るべき忘却力をもって。一度目の死も二度目の死も、避けては通れない。そして人々が恐れるのは、一度目の死を超えたところにある二度目の死である。

生命とは、驚くほどに弱い。ひょんなことですぐ死ぬ。

交通事故死のニュースを見て、あぁこの人は昨日まで家族と食卓を囲んでいたんだろうな、友人と遊んでいたんだろうな、と思うと、人間の非力さを感じる。自分の場合でも、がんに対して自身ができることは何もなかった。弱い。無惨にも散っていく。散ったものはやがて記憶からも消え去る。

しかしながら、雨に打たれ風に吹かれて散らない桜は、あるいは人々に忘れられることなく常に咲き続ける桜は、もはや美しくないのかもしれない。桜の咲き誇るほんの刹那の栄華と、儚く散りゆく姿。それらは、人の一生にもまた似ている。雨にも負けて、風にも負けて、そうして一瞬のうちに散りゆくから生命は美しい。常緑樹よりも桜や紅葉が美しいのは、散るという行為あってのものである気がする。死こそが生命を生命たらせ、そうして平等にする。

どうやら、人間というものも、いずれは死に、そして忘れられるからこそ、美しくいられるようだ。残酷さが、美しさを創り上げる。そんな「死」を恐れるのは、どこか筋違いな気がした。

雨に濡れる緑の混じった葉桜を見上げる者は、もう誰もいなかった。水たまりを避けて、皆足早に過ぎ去る。散った花びらは道端の側溝に流されていった。

今年も、美しい桜が忘れられていく。

散ればこそ、めでたけれ。

今年の桜の死と、その忘却こそが、来年の桜を美しくする。

ハタチ

2017.10.18

街の中で親と子が仲睦まじくしているのを見て涙が溢れてきたのは、何かを思い出したからでも、もう戻れないからでもなかった。単にその現実が、十九歳だった自分にとって重すぎただけだった。

pH《ペーハー》が2、3ほどの毒物を飲みながら過ごす日々がどれほど苦痛で、どれほど孤独であったか。生きようとする自分の細胞が殺されていくのをひたすらに耐えるその工程が、どれほど長くて重いものだったか。その烈しさは筆舌に尽くし難い。しかしながら今日となっては過去。遠い昔の痛みを感じることは僕にはできない。いや、おそらく誰ひとりとしてできない。肉体的な痛みというのは今この瞬間においてのみ、そして自身の内部にだけ、存在しうる。

でもあの当時の精神的な苦痛は今日でも蘇ることがあり、気がつけば僕は病室のベッドに横たわっている。真っ白なシーツと消毒液の匂い、微かな機械音、無機質なカーテン。あれは天国の装いをした地獄だった。
寝たくても寝られない、食べたくても食べられない、歩きたくても歩けない、吐きたくても吐けない、死にたくても死ねない。僕にできたのは、ただ規則的に呼吸をすることと、管を伝って腕の中に入っていく毒を見つめることだけだった。

妊孕性――この字は読めないままで良かった。この言葉を使うことのない人生が良かった。僕は将来幸せでなくてもいい、金持ちでなくてもいい。ただ、いつか自分の子供と酒を飲めたらいい。そう思っていたし、今でも思っている。そんな些細《ささい》な楽しみでさえ、毒物は奪っていった。
にんようせい。妊娠のしやすさ。若年者のがん治療では、この妊孕性の温存が最優先される。毒物は、精子も卵子も破壊してしまう。

僕は精子保存ができなかった。肺細胞腫瘍のがん患者がホルモンバランスの乱れによって一時的な無精子症になるのはよくあることらしかった。そして保存に失敗したまま、毒物の投与が始まった。
精神がおかしくなりそうだった。

「あなたは、死にます。万が一生きながらえたとしても、子供を持つことは許されません」

神は僕にそう囁《ささや》いた。


昨日、家に届いていた二つの葉書を消費した。成人式のお知らせの葉書と、日本脳炎の予防接種の葉書。

成人式の葉書には、午前の部の出席欄に丸をつけてポストに投げ入れた。日本のシステムの下では、二十年間生きていれば、善人であろうが悪人であろうが勝手に成人する。これまで何億人、何十億人の日本人が成人してきた。その何がめでたいんだ、と毎年のように荒れる北九州の成人式のニュースを見ては感じていた。けれども、必死に生きながらえた今となって思うのは、その節目がさも当然のように流されてはならないということだった。二十という数字は、思っていたよりも祝うべきものであった。

もう一方の葉書、こちらは二十歳未満無料の予防接種のお知らせだったが、それを十代最後の日に受けた。日本のシステムでは前日に歳をとることになっているから、厳密にはアウトかもしれないが、何も言われなかった。

予防接種は昔からかかりつけの小児科で受けていた。母子手帳を持って、数年ぶりに訪れた。

「久しぶりだね」先生は僕のことを覚えていた。

僕の比較的小さな身長をまじまじと見て「大きくなったね」と言った。問診票の既往歴「胚細胞腫瘍」には触れられなかった。聴診器を手術跡に当てると、彼は大きく頷いた。

予防接種後は二十分間安静にするのが医療機関の鉄則で、僕は母子手帳に最後になるであろう判子を押してもらった後、待合室で過ごした。生前から使われてきたボロボロの母子手帳を開くと、母親の字で色々なことが書いてあった。二十年の歳月が数ページに詰まっていた。

【出生時】

体重　2955g

身長　48・0㎝

【保護者の記録】

1歳、輪投げ、絵本が好き

2歳、両足ジャンプが得意

　弟が生まれ少々赤ちゃん返りしている

3歳、ピアノを始める

4歳、パズル、お絵かきに夢中

―――5歳、弟が可愛く、世話をよくしてくれる
6歳、自分の名前や手紙を書いたりする

ページをめくっていると、待合の扉が開いて若い母親が入ってきた。母親の腕には幼子が抱かれていた。その子も予防接種を受けたのだろう。小さな命は、僕を丸々とした目で見つめた。僕はその瞳に微笑み返した。一歳前後の子だった。この子にもし自分の血が入っていたら、その愛しさはさらに何倍にも強くなるのだろう。愛くるしいその目は、しかしながら、微笑む僕にこう囁いた。

「あなたは運良く生きながらえたけれど、子供を持つことは許されません」

僕自身の妊孕性が果たして失われてしまっているのかどうか、それは知らない。失われていない可能性も十分にある。僕が受けたBEP療法（抗がん剤を併用する治療法）は、リスク分類で言うと30％～70％の中リスク群に相当する。検査すればすぐに分かるけれど、怖くてできない。もし検査で現実を叩きつけられたら、僕はその勢いで死んでしまうかもしれない。

自分の子供とお酒を飲む、そんな夢をまだ見続けていたいから、一縷の望みにかけて、僕は検査をしない。子供と一緒に過ごせないのなら、生きていても仕方ない。少なくとも今はそう

思う。

もう二度と上書きされることのないであろう母子手帳を静かにカバンに入れ、雨の降りしきる大通りを、傘を広げて大学に向け歩いた。十代が終わる日は朝からこんな天気だった。それでも、講義を終えて建物から出たとき、夕刻の西の空は透き通るような茜色に染まっていた。

人生とは、そういうものだと思い知らされた。

信号待ちをしながら子供の手を握る父親がいた。

ママチャリの前かごに乗せた子供に話しかける母親がいた。

僕には、ただ手の届かないそれを微笑んで眺めることしかできなかった。

ここまで二十年、何はともあれ生きてきた。

生きていることの喜びと、生きていくことの難しさを同時に感じながら、星空を見上げた。

今朝の雨予報も嘘だった。

二十回目の誕生日を迎え、食卓を囲んで親と酒を飲みかわした。

うまかった。うまかった。泣きそうになるほどうまかった。

食後のケーキを食らいながら、アルコールの余韻と幼子の瞳は、いつまでも頭蓋に留まって離れなかった。

報われない努力

2017.11.25

時間が伸びたり縮んだりするのはアインシュタインが特殊相対性理論に述べるところであって、最もよく知られた紛《まご》うことなき真実の一である。

光陰矢の如しとはよく言ったもので、一年の長さは縮むこともあれば伸びることだってある。光速に近づくほど時間が遅く流れるように、激動の一年はこれほどまでに長かった。

昨日十一月二十四日は、今のところ誕生日の次に大事な日になっている。僕はそれを「告知日」と呼んでいる。誕生日と告知日には、いくつか共通点があって、それはとって付けたような共通点なのだけれど、第一の人生の始まりと第二の人生の始まりには深い関係性がある。

どちらも大きな声で叫ぶように泣いた日で、右も左も分からない世界に入った日だ。そしてどちらにおいても、あることを思いしらされた。

――「**努力は報われない**」

学祭での特別講義の中で、「天授」の二文字を彼は何度も口にしたし、黒板にも大きく書いた。沼のような色をした一枚板に白く焼き付けられたその文字に、撫《な》でるようにして劇薬を塗りこまれた自分がいた。

時計台の裏にある法経第四教室は、「ガリレオ」とかいうドラマで天才物理学者・湯川学こと福山雅治が講義した大教室だ。僕はちょうど柴咲コウがいたあたりに座った。あそこが超満員になるのは有名人が来たときだけだから、東進ハイスクールの林修も有名人の部類に確実に入る。それでも彼は開口いちばんこう言った。

「早い。朝早いね。どうせみんなこの講演会当たったときこう思ったんでしょ?『とりあえず申し込んだけど十時半かぁ〜、林修かぁ〜』って。まぁその程度ですよ」

どっと笑いに包まれたが、僕はどこか笑えなかった。

「みんなからすれば僕は有名人だ。いま僕のいる立ち位置になりたい人なんて山ほどいるのは知っているし、今の環境は本当にありがたいことだと思う。でも、こんなのは僕の夢でも何でもなかった。自分のやりたいことができるなら辞めたいくらいだ。ここまできたら他の人への影響も随分大きいから、そんなことはやらないけどね」

それから彼はこう言った。

「僕は数学者になりたかった。でもいくら頑張ったってガウスにはなれない。ガリレオにだってアインシュタインにだってなれない。生まれたときから決まっている」

クリスマスまであと一ヶ月になった。先日のニュースでキャスターが話していた話題が、何となく引っかかった。

「そろそろ、街でクリスマスソングが流れる季節でしょうか。でも、聴きすぎは健康に良くないという調査がでました。陽気なメロディーに絶えず晒《さら》されると、心理的に疲れ、逃げられないような気持ちになる可能性があると、臨床心理学者が言っているそうです」

もう二度とクリスマスが訪れることはないだろうと感じながらクリスマスソングを聴く人間の気持ちが分かるだろうか？

絶対に分からないだろう。

病気が治るかどうかは、努力の如何《いかん》ではなかった。全ては運だった。

そしてそれは、人生についても同じことが言えた。あらゆるものは「天授」だ。努力は報われない。患者の努力次第で難病が癒えるなら医療はいらない。林修が努力次第でガウスになれるなら、ａｂｃ予想に三十年もかからない。フェルマーの最終定理には三百年もかかった。あらゆるものは天授だ。

患者仲間が言った。

「あと何年生きられるのだろうか」

受験を控えた高三の弟が言った。

「ほっといてくれ、兄ちゃんとは違う」

彼は言った。

「努力したって天才には及ばない」

林修氏の演題は「やりたいことと出来ること」だった。

「出来ること、というのは社会に認められることだ」と補足してから、彼は沼に大きく十字を描いた。それから、やりたいことをx軸に、出来ることをy軸にとってこう言い放った。

「京大を出たから何？　第一象限で生きられる人間は皆無だ。なら第三象限で生きる人間はというと、実はこれもほとんどいない。じゃあ、あなたたちは第二象限で生きるのか？　それとも第四象限で生きるのか？」

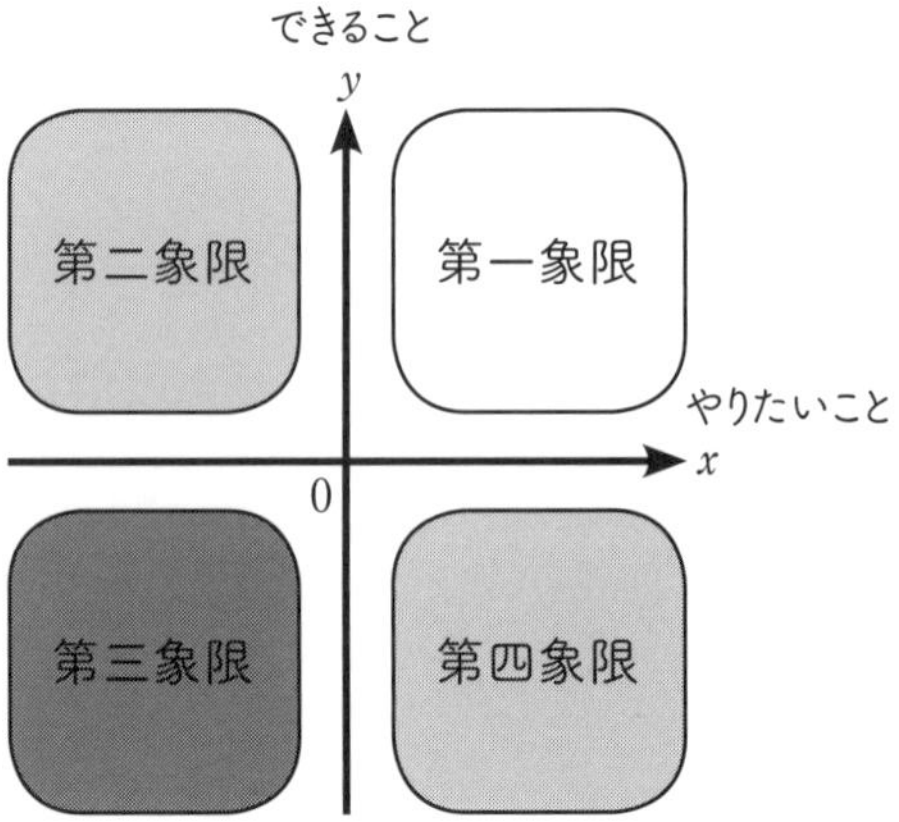

去年のクリスマス、中学時代の友人にもらった本がある。いや、その女子とは中学時代はほとんど話したことがなかった。綿矢りさの『勝手にふるえてろ』の一節。

がむしゃらにがんばってきてふと後ろをふり返ったとしても、やりとげた瞬間からそれは過去になるんだから、ずいぶん後から自分の実績をながめ直してにやにやしても、まあ、そんなでしょ、べつにたいして幸せじゃないでしょ。逆にちょっとむなしいくらい。

だから手に入れたその瞬間に、手ばなしに、強烈に喜ばなくちゃ意味がない。限界まで努力してやっと達成したくせに、すぐに顔をきりきりとひきしめて、〝さらに上を目指します〟なんて、言葉だけなら志の高い人って感じでかっこいいけれど、もっともっと進化したいなんて実はただの本能なんだから、本能のまま生きすぎて、野蛮です。足るを知れ、って言いたいのかって？　ちょっと違う、足らざるを知れって言いたいの。足りますか、足りません。でもいいんじゃないですか、とりあえず足元を見てください、あなたは満足しないかもしれないけれど、けっこう良いものが転がっていますよ。

——綿矢りさ『勝手にふるえてろ』（文春文庫）より

長らくブログを書いていると、一時間で三〇〇〇字程度は書けるようにはなった。それでも、京都市立紫野高校在学中にして文藝賞を取り、自分より若い十九歳最年少で芥川賞を取った綿矢りさにはなれない。夏、一度小説を書いてみようと思い立ったが、十万字の想いを二百ページに放り込んだ時点までで挫折した。才能の欠片もなかった。

僕は第二象限でしか生きられない。x∧0　かつ　y∨0。

暇があるときは、ひとりでドライブに行く。山間の紅葉は道端に散っていた。カーラジオからは新鋭バンドの新曲のクリスマスソングが流れていた。気が付けばそんな時期になっていた。あれから一年が経った。もう、去年のような心地にはならなかった。あの新鋭バンドはどこまで成長するのだろう。彼らはどの象限に生きているのだろう。

今日も努力に打ちひしがれる人間がいる。ある者は病が癒えず、ある者は夢を摑めず、ある者は既に諦めている。

ただ、それでもいいのかもしれない。

第一象限では、生きられない。

あのニュースを悲しそうな顔で読んでいたニュースキャスターは、後日その哀愁がネットで話題になっていた。彼の顔は僕にこう語りかける。

「〝努力は裏切らない〟なんて歌う陽気なメロディーに絶えず晒されているから、心理的に疲れるんじゃない？　逃げられないような気待ちになるんじゃない？」

僕が好きな為末大氏の言葉に、こんなものがある。


成功者の言葉しか世の中には残らないから『やればできる』が格言になる。

夢は叶わないかもしれない。

叶える為の努力は無駄に終わるかもしれない。

でも何かに向かっていたその日々を、君は確かに輝いて生きていたのではないか。

それが報酬だと思わないか。


努力なんて報われる保証はない。しかし努力の日々は、間違いなく報酬である、と。

病が癒《い》えなかったとして、これまでの努力は無駄になるのだろうか。大学に受からなかったといって、これまでの受験勉強は無駄になるのだろうか。追い続けた夢を諦めたとして、その過程を無駄だと言い切ることは、果たして出来るのだろうか。

為末氏は、こうも言う。

——逃げるコトが必要なのだと思う。大丈夫いくら逃げても、どうせ自分からは逃げ切れない。逆に逃げてみたからこそ、一体自分が何に縛られていたかに気付くコトがあると思うのだ。

今、地下鉄に乗っている。誰しもがスマホを見つめながら、第二象限と第四象限の狭間で揺れている。どこからともなく聴こえるイヤホンの音漏れは、クリスマスソングかもしれない。四条駅で降りる。毎日通った道。これから、浪人している後輩とご飯に行く。僕は多分「合格するなら奢《おご》るわ」と言い、いいですいいですと言われながら奢る。知らんけど。

後輩は、まだ直交座標の原点にいる。

おそらくこれから、数年かけて、足らざるを知る。

——足りますか、足りません。でもいいんじゃないですか、とりあえず足元を見てください、あなたは満足しないかもしれないけれど、けっこう良いものが転がっていますよ。

退院後は穏やかに過ごしていたものの、
ふとした瞬間に
死が脳をよぎることはよくあった。
将来への不安から、
精神的に苦しくなることもあった。
しかしそれは
誰かと分かち合えるものでもなかった。

スターライト

2018.4.3

人間の内部には、多かれ少なかれ空洞がある。それは脳のあたりかもしれないし、肺や心臓のあたりかもしれない。このことを知ったのは十八の時分だった。とにかくそれは、誰にも彼にも存在しているのだ、と。

ところが空洞には、とりわけ頑丈な蓋《ふた》が施されていて、僕達は大抵それを閉じたまま生きていくことができるようになっている。鍵をかけることだってできるし、無邪気な子供なら蓋にだって気付かないこともある。あるいは快楽によって存在を忘れることもできる。

しかしながらある種の人間の場合、その蓋は往々にして無意識のうちに解錠され、あらゆるエネルギーがその空洞に落とし込まれるのだ。食欲、睡眠欲、性欲、承認欲、自己実現欲、そういった低次から高次までのあらゆる欲は、意思の方向によらず、穴の中に落とし込まれて消える。

いや、消えない。

消えたかのように錯覚するが、いつかどこかで形を大きくして再び自身に襲いかかってくるのだ。

その空洞を虚無と呼ぶ者もいるし、鬱《うつ》と呼ぶ者もいる。ここでは「スペース」とでも呼ぼう。空白、宇宙、そういった様々な意味を込めて。

空洞の中身は手に取ることができないが、無ではない。宇宙(space)が、目に見えない暗黒物質(dark matter)に混沌と満たされているように、心の空洞(space)には、過ぎ去ったはずの陰鬱な問題(dark matter)が整理されることなく山積みになって漂っている。

空洞のなかに存在する記憶というものは、宇宙に浮かぶ恒星に似ている。それらは、ある時点では太陽のように燦然《さんぜん》と輝きを放っている。一方で、ある重さ以上の恒星というのは否でも核分裂反応によって膨張を続け、最後には自重に耐えきれず超新星爆発を起こすのである。

同様にして、記憶というのもまた自己分裂を繰り返すことで膨張を続け、輝きを放っていたはずの記憶は、何かを照らし続けるエネルギーを持っていたはずの過去は、最後にはその膨れ上がった自らの重みを以て、自らを破綻させるのである。ある重さ以下でなければ、恒星も過去も膨張を続け、そして爆発するのだ。意思の方向によらず。

太陽質量の三十倍を超える恒星は、超新星爆発後にブラックホールを形成すると言われている。ブラックホールの中心には強力な重力場が存在し、あらゆるものを引き摺《ず》り込む。脱出には光速を要するため、外部にいる観測者は、ブラックホールに自由落下する物体がぐちゃぐちゃに歪んで見える。

本当は何も歪んでいないにもかかわらず。


ニーチェによれば、事実なんてものは存在しない。存在するのは解釈のみだ、という。

そう、記憶というのは曖昧《あいまい》で、僕達は過去に対して解釈を加えたものを「記憶」と呼んでいる。

現在に生きる僕達は、過去にとってただの観測者であり、ブラックホールに吸い込まれていく過去は、解釈という名の観測によって常に歪んでしまうのだ。だから事実というものは、心の空洞にブラックホールがある限り、観測できないのである。今この瞬間以外は全て過去なのだから。

自分にとっての過去のほとんどは、輝きを放っていたはずだった。だから僕は夜になると自ずと空洞の蓋を開けた。あるいは無意識的に。

そこには満天の星が広がっていて、それはそれとして大事にとっておいた。

「暗闇に包まれた場所でしか星は綺麗に見えないのだ」と言い聞かせた。

星と星とをはぐれないように繋ぎ合わせ、それらを星座にして名前を付けた。今見えている光は過去に発された光なのだ、と思った。現在と過去は何光年もの距離を隔てていて、摑むことは決してできないけれど、過去からの光は時間をかけて届くのだ、と。

しかし、それがいつしか僕を苦しめるようになった。

星たちはそれぞれで暴走を始めるようになった。赤色巨星と化し、超新星爆発を起こし、いくつかはブラックホールになった。その周囲で時空は歪みを生じ、あらゆる物事の整序がおかしくなった。

蓋を開けてはならない、と思った。しかし蓋さえブラックホールに飲まれようとしていた。このままでは自分自身が過去に殺される、やがてブラックホールに落ちる、そう思った。ブラックホールに落ちた物体は、落ち続けることしかできないのだ。底という概念さえ存在しない。

あの頃僕は夢うつつとしながら、ただひたすら死ぬことばかり考えていた。自分は死ぬことでしかブラックホールを逃れられないのだと言い聞かせた。あるいは言い聞かせられた。

エネルギーの源だったはずの記憶の塊が、星座が、ある出来事を境に爆発してエネルギーを奪うようになる。

輝きを放っていたはずの過去は、天の川は、光さえ吸収するほど黒ずんでしまう。

生きる源を見失った僕達はエナジードリンクと称して酒を飲み、束の間《つかのま》の快楽に酔いしれてその空洞を埋め、明かりを点けることで星空を消す。喧騒によって孤独を掻き消し、乾いた笑いで湿りを取り、泣いて慰め合うことで解決した気分に浸る。だから酔いが醒めるまでは空洞を忘れている。

しかし放物線に頂点がひとつしか存在しないように、酔いというのはある点まで上昇すると下降を始める。そうしてまた同じ高さに戻ってくる。いや、放物線ではなくサインカーブかもしれない。

僕たちはゆらゆら、ゆらゆらと同じことを繰り返す。同じ所を行ったり来たりする。とにかくある点で酔いから醒め、人々は我に返って気が付く。状況は何も変わっていないのだ、と。状況は何も変えられないのだ、と。そんなとき星からは声が降る。「もしもし、現実ですか?」

人間の感情ほど妙なものはない。ある時点では絶対的に煌《きら》めいて、そのために自分自身の全てをかけても良いとすら思えていたはずのものが、ある一定時間の経過後に、あるいは何らかの事象が自分の居場所を変えてしまったときに、ふと思い出して見てみると、まるで石ころのような、灰色のありふれたものであることを知るのである。

一体どうなっているのだろうか、過去の自分は何を見、そして何を追っていたのだろうか、とひどく困惑してしまうのである。

光さえ脱出できないブラックホールは、物理法則下において、それ自体を肉眼で観測することは不可能である。ゆえに僕は、ブラックホールに殺されると感じながら、そのブラックホールが一体何であるのか知覚できなかった。そして、それが以前星だったときに、どのような色や形をしていたのかも知ることができなかった。ただ得体の知れない「ブラックホール」と呼ばれる概念が、僕のあらゆるエネルギーを奪っていった。

過去は歪み、現実は萎《な》えた。酒を飲んでは吐き、文章を書いては消し、死ぬことについて考えてはやめた。暗黒の泥のように眠り、あるいは眩《まぶ》しい北極星のように起き続けた。そしてブラックホールの外側には、いつも陰鬱な問題としてのダークマターが存在していた。

逃げ場なんてなかった。

そんなとき自分は何者でもなかった。

才能ナシ趣味ナシ欲求ナシ慈愛ナシ熱意ナシ、醜い外見と愚かな内面、中途半端なプライド、ブラックホールとダークマター、そんな人間が「面倒臭い奴」でないのなら、一体何者であろう？

もちろんほんの僅《わず》かな人には相談したけれど、それはあまり良い結果をもたらさなかった。「何が辛いの?」と聞かれて「分からない」と答えるしかなかったのだ。「ブラックホール」と言ったところで、僕はどういう答えを期待しようというのだろう。第一、僕が何をどう考えたところで、世界は今日も平和に呑気に回り続ける。


夢を見ていたのだ。

そう考えることにした。

自分には過去なんて存在していない、それらは全て夢だったのだ、と。

あれは星ではない、飛行機や建物の光だったのだ、と。

そうすることでブラックホールは勢力を弱め、僕は幾らか救われた。

もしかするとそう錯覚しているだけかもしれないが、とにかく死を考えることからは脱した。

そしてようやく文章を書けるほどにまで回復した。このブログの更新が止まっていたのはそういう理由だった。結局自分のことは自分でしか救えないのだ。


何もかもさめてしまったのだ、と思う。

つまり僕は夢から覚め、酔いから醒めたのだ。かつて輝いた星の色は褪《さ》め、一喜一憂していた心は冷め、そしてようやく空洞に蓋をすることができた。覚めて醒めて褪めて冷めて、とにかく自分はもう生きることにも死ぬことにも〝さめてしまったのだ〟、と言い聞かせた。もう星を探してはいけないのだ、と。今現在の言動が、いつか未来の自分を攻撃してしまうのだ、と。

一日一食の生活は二食に戻り、空は青さを取り戻した。ようやく車にも乗れるようになった。あれだけ生きたい瞬間があり、あれだけ死にたい瞬間があり、それらの感情はどこからやってきてどこへ行ってしまったのか考えていた。

次に蓋が開くのはいつだろうと思った。

「それでもやはり星たちは無数に存在していて成長を続け、ブラックホールとダークマターはどのような手段によっても知覚できず、宇宙は想像の限界を遥かに超えて果てしなく広がり続けるのだ」と感じた。生きることが下手くそなのだ。

この間相談した友人に、もう一度エネルギーを振り絞って連絡してみた。

「来週、会える日、ある？」

返事はすぐにきた。

「火曜なら」

通じなくてもいい。分かってくれなくてもいい。どうしようもなくなったときの逃げ場がそこにあるのなら。彼がそれを認めてくれるなら。

何か自分の内に、ほんの少しばかり熱を感じていた。

その感覚は、どこか懐かしさを含んでいた。

「確かにさめてしまったが、全てがさめてしまったわけではないのだ」、そう思った。

歪んでいたはずの過去は、まだ上手く解釈できないけれど、少しずつ元の形に戻ろうとしている。無理に言葉にする必要はない、目を閉じて待てばいい。

信号は赤から青に変わり、同時に僕はアクセルペダルを強く踏み込んだ。車は満天の星のもとに爽やかな快音を響かせ、滑るように加速しながら、流星のごとく、真っ直ぐに春を駆け抜けていった。

デイ・ゼロ

生きることに疲れて、

精神的な苦しさと

身体的な苦しさの区別が付かなくなっていた。

全てが鬱のせいだと思っていた。

ところがそれは、

自分の身体に本当に異常が生じていたからだった。

定期検査で知らされたのは、

思いもよらぬ採血結果だった。

そこには、僕には背負いきれぬほど

重い現実が待っていた。

3

その日

2018.7.2

僕達は皆、「その日」に向かって生きている。

どんな生き方をしたって、どんなに幸福であったって、「その日」はやがて訪れる。いつでも、誰にでも。終わりと、別れの日。もう何をしたって、どんなに叫んだって、届かない場所へと旅立つ日。

関東ではもう梅雨《つゆ》明けしたらしく、病室の外には濃い夏空が覗いている。雲は白く膨らんで大きく丸みを帯び、木立に降り注ぐ日差しが黒い影を落としている。もう蟬《せみ》は鳴いているのだろうか、この白い部屋の中では、外の音は聞こえそうもない。

木立を抜ける風の音と蟬の声を、静かに目を閉じて想像してみる。眩しい夏の思い出が、いくつも蘇ってくる。小学生の頃、朝からラジオ体操に行き、学校のプールではしゃいだ。中高生の頃は部活に明け暮れた。受験期の夏期講習はしんどかった。友達と花火を観に行った。自動車の免許を取ったのも暑い日だった。そしてときどき、恋もした。夏は毎年やってきて、汗を垂らすたびに楽しさと悔しさを味わってきた。そんな夏が、少し形を変えてしまったが、今年もやってきたらしい。とにかく、今日は良い日だ。文句の付けようがない。

僕にとって、近いうちに訪れるかもしれない「その日」は、できることなら、こんな透き通った日の、朝がいい。「その日」を選ぶことができず、突然に訪れたとしても、陽射しの中で、静かに旅立ちたい。それぐらい、たったそれぐらい、神様は許してくれたっていいと思う。

平成最後の夏、僕はクラス1000規格のクリーンルームで過ごすことになった。どうやら運命には抗《あらが》えないらしい。残念だな、と思う。少し、残念だ。でも同時に、良かったな、とも思う。この病気が、自分の大切な家族や、友人や、先輩や後輩や恩師の命ではなく、自分に降りかかって、それはそれで良かった。大切な人の、大好きな人達の、その命ではなくて、自分の命で、良かった。

六月二十八日。京大病院に定期検診へ行き、血だらけの歯茎を見せると、主治医は蒼ざめた。すぐさま血液内科に通された。

「血小板が3000、LDHが1万3000。今外出すると命の危険がある。即入院です。今日は親御さんは一緒に来られていませんか」

血液内科医も驚く数値だった。彼は病名には触れず、眉間に皺を寄せて電子カルテを見つめていた。ただ、ある程度知識がついてしまった僕は、もうこの時点で悟らざるをえなかった。


白血病だ。


背負わねばならぬ現実が重すぎるとき、そしてそれが予期せぬ状況で降ってきたとき、人は涙さえ流せないのだ、と知る。

診察室を出て、力無くロビーのソファーに座り込んだ。もう一歩も動けなかった。ただそんな僕の目の前を、いつもと何ら変わらぬ病院の日常が過ぎていくだけだった。案内放送が流れ、医師達は足早に歩き、清掃員は床を拭き、老夫婦がゆっくりと前を横切っていった。一人の人間が白血病になったことなど、誰も気付くはずがなかった。

僕は戻りたかった。戻りたい、そう強く思った。何も知らず、病院に向かっていた朝の自分に。命の終わることを知らぬ一人の人間に。

母親に電話をかけ、すぐに病院へ来てほしいと言った。何があったの、どうしたの、母親はそう色々聞いてきたと思う。僕はそれに何も答えられなかった。
言葉が出なかった。

もうな、
アカンわ、
それだけ絞り出して、電話を切った。
肩が小刻みに震えだした。このとき、その背負わねばならぬ現実に、僕の理解がようやく追いついた。現実は、真夏の昼下がりのゲリラ豪雨のように、局所的に、僕の真上だけに、降り注いだ。
僕はふらつきながら、とにかく逃げた。トイレの入り口まで来て、もがいて、崩れた。壁を叩いた。何度も叩いた。必死に嗚咽《おえつ》を堪《こら》えた。洗面台に両手をつき、筋を引くように涙を零《こぼ》した。

鏡の中に、白血病の僕がいた。

＊＊＊

あれから四日が経った。僕はこの四日を、人生で最も混乱した四日間として過ごした。この世の孤独を洗いざらい集めたような夜を、痛みと闘いながら必死に耐え抜いた。時折、強烈な眩暈《めまい》と吐き気に襲われた。動悸がして、視界は螺旋《らせん》を描いた。それは、未だかつて感覚したことのない、死の形象だった。自分の身体がどれほど腫瘍に蝕まれているのか、それを有り有りと示すものだった。

これはもう、本当に死ぬんだ。そう思った。

「その日」を迎える覚悟を、しよう。そうした方が、良いような気がした。それが、僕の四日間の答えであり、準備であり、そして決意だった。

「その日」まで、沢山の人に会おう。
「その日」まで、沢山笑おう。
「その日」まで、沢山食べよう。

「その日」まで、想いを言葉にして伝えよう。
「その日」まで、生きよう。

とっくの昔にがんで死んでいたはずの人間が、神様にお願いして、一年だけ猶予をもらった。そして僕はこの一年間、会える人には必ず会うように心掛けてきた。それから何より、家族で過ごす時間を大切にしてきた。延長された生であることを、ちゃんと意識して過ごしてきた。

だから、未練はあれど、後悔はない。

たったの四日間で作った覚悟かもしれないけれど、決してハリボテの覚悟ではない。

ある二十歳の人間の、強い覚悟だ。


「ひょっとしたら奇跡的に治るかもしれない、治らなくても、あと五年とか十年とか生きられるかもしれない。信じてるよ、いまでも心のどこかで。でも、それを信じてるんだってことを思い出すとキツいのよね、なんか。忘れたふりして、その日をちゃんと迎えなきゃって考えて、いろんな準備したり、覚悟を決めたりしてるほうが、じつは楽なの、精神的に、ずうっと」

——重松清「その日」『その日のまえに』（文春文庫）より

それでも、欲を言うなら、あと少しだけ、ほんの少しだけ、生きてみたい。

ダメだろうか、やっぱり。

それは欲張りだろうか。


結局そんな心配無駄だったよね、って笑い合う瞬間が、どれほど幸せに満ちていることだろう。お前死ぬ覚悟出来てるとか言ってたやん、カッコつけやがって、と馬鹿にされることを、僕はどれほど望んでいるだろう。

どうか、これがただの夕立であってはくれないか。

意外と強く降るくせにすぐ上がって、初夏の茜空にうっすら虹をかけるような、そんな夕立であってはくれないのか。


神様、もう許してください。

やがて訪れる「その日」の前に、一体何ができるだろう。この白いクリーンルームの中で、果たしてどんな理想が描けるのだろう。

いいや、別に何もなくてもいいじゃないか。そんなに難しいこと、考えたって仕方ない。硬いベッドに横たわりながら、僕はゆっくり目を閉じる。

まもなく、深い眠りが夏の向こうからやってきた。それは白く透き通っていた、あの頃の夏だった。「その日」の「その瞬間」も、こうして静かに迎えられたら、どれだけ幸せだろう。

意識が過去に向かって流れていき、蝕《むしば》まれた身体の痛みをひとつずつ消していく。深い記憶の底には、まだ微かな望みがうっすら滲《にじ》んでいる。やがてそのまま、ブラウン管テレビの電源を落とすように、僕の意識は奥へ奥へと吸い込まれていった。

後には、夏空に甲高く響く蟬の声と、木立を抜ける爽やかな風の音だけが、余韻のように、心の内側でいつまでも響いていた。

医療チームの精力的な
抗がん剤治療のおかげで
何とか一命を取り留めた僕は、
骨髄移植に漕ぎ着けた。
二十一度目の誕生日が、
無菌室の中で静かに祝われた。

デイ・ゼロ

2018.10.18

二十一歳の誕生日プレゼントは、命だった。

ギフト、と呼ぶ方が正しいかもしれない。

特別な、そして特殊な贈り物だ。値札や包装はない。無論どんな店に並ぶこともない。

プライスレスな「赤いギフト」。

僕はギフトの贈り主を知らない。知ることはできない。顔も、名前も、生い立ちも。手紙を二回書くことのみ許されている。それだけだ。

ところが性格は知っている。当てずっぽうではない。どうしても分かってしまうのだ。ドナーの貴方は長期間、何度も何度も面談を行い、検査し、貯血する。そうして骨髄採取のため入院する。

貴方だって、僕の顔も名も知らない。しかしそんな赤の他人のために、無償で数ヶ月献身することを微塵も厭《いと》わない。

名も知らぬ命の恩人は、そんな慈悲深い人だ。


僕は今日、貴方のお陰で二十一度目の誕生日を迎えることができる。

死んでいたはずの人間が、さも当たり前のような顔をして、明日も笑って生きることができる。こうして想いを綴ることができる。

この世界は、きっと厳しさと同じくらい、優しさに溢れているのだ。僕の想像を遥かに超えて。


夕刻前、病室にギフトが到着した。

向かいの病棟の窓が茜色に輝いているのを見て、僕は陽が傾き始めたことを知る。病室の頑丈な窓枠もほんのりと染まり、二重窓の間に影を落としていた。

いよいよ始まるのだ、と思う。その前に一呼吸、お疲れ様、とでも言うべきか。

そう、とても苦しい道のりだった。

異変に気付いたのは五月だった。気怠《けだる》い感覚が、へばりつくような暑さと共に全身を纏っていた。しばしば眼は赤く滾《たぎ》った。異常な発汗は、今思えば死の前兆だった。

六月に入ると、矢のような雨が降り注いだ。身を屈めて避けながら、体調不良を低気圧のせいにして生きた。このとき既に僕の血は、先の長い者のそれではなかった。内臓や脳から出血が始まっていた。

そうして六月の最終週、いよいよ僕は死んだように生きていた。

六月二十五日、口腔から出血が始まり、真冬並みの悪寒に震えた。

六月二十六日、自分で取った学食を半分以上残した。降りしきる雨は吹雪に変わっていた。

六月二十七日、実験中に意識が飛びそうになった。誰も助けてくれなかった。自転車で帰りながら何度も倒れた。夜、友人の訃報が届いた。次は自分だと思った。

限界だった。

肉体も、精神も。

この恐怖が続くのなら、死んだ方がマシだと、本気で思った。

翌六月二十八日、緊急入院。病名、急性白血病。

「それでは開始します」

医師の合図と共に、輸液ポンプが動き出す。教授、主治医、担当医、看護師、医学生ら、そして両親。その視線が一点に集中する。バッグに詰まった血液が長いチューブを伝い、腕の中へ注ぐ。ギフトが、身体の一部になる。この光景すらも、懐かしく笑える日が来るのだろうか。

脳裏に焼き付けようと、僕は一度目を閉じる。

デイ・ゼロ。

僕がこの日を忘れることはない。

新たなスタートラインに立つ。そんなに立派な線ではない。靴の踵《かかと》で土のグラウンドに引いた、自分にしか分からないぐにゃぐにゃのスタートラインだ。スターティングブロックも、号砲もない。

それでも僕は静かに一歩を踏み出し、線を跨《また》ぐ。乾きかけた土を全身の重みで踏みしめる。

雨は止んだ。空は青い。一滴、また一滴と注がれる真紅の血液に、僅かながら温もりを感じる。

少し視線を外す。病室の窓に映る空を見上げると、溜息が出るほど透き通っていた。もう冬が近い。めくるめく季節は僕をあの日に置き去りにして、素知らぬ顔で通り過ぎて行ったのだ、と思う。僕とは関係のないところで梅雨は明け、夏を謳歌して蟬は死に、山々は間もなく色づき始める。

一日の殆どの時間を、ただひたすらベッドの上で過ごしている。僕は今どうしてこんな所に居るのかと問いたところで、白い天井が答えてくれるわけもない。無菌ユニットだけが頭上で低く唸る。

誰も責めることのできぬ理不尽を、人はおおよそ運命などと呼んで簡単に片付けてしまうのだ。本当にそれが正しいことなのか、今の僕には分からない。

あらゆる運命の、巡り合わせ。その良しも悪しも含めた全てを、古くは「仕合わせ」と呼んだ。ところが僕達は、その良しだけを取って「幸せ」を叫ぶようになった。残りは箱の中に押し込んで「不幸」を貼ってしまう。

どうだろうか。

僕はいま幸せなのだろうか。

新たな命を背負う、その重圧にさえ時折押し潰されそうになる。事実、もう家族とも親戚とも血は繋がっていないのだ。一人になってしまったのかもしれない。

仕合わせ全てを幸せだと受け入れるには、僕の心はまだまだ幼い。本当は、物事の多くを箱に仕舞い込んでしまいたい。「不幸」を貼りたい。鍵を掛けたい。そうすることができるのなら、どれほど楽になれるだろうか。

そんなに上手くは行かないのだ。

人生は、引き返せない。

それでも僕は僕なりに、無菌室で二十一度目の誕生日を迎えられたことを、運命と呼んでみる。この理不尽な仕合わせを、今日ばかりは幸せだと受け入れることにしてみる。

幸せなんだと思う。多分。

今日の日を、両親は二十一年前より喜んでいるだろう。

そういうことなんだ、きっと。

人生でいちばん祝われた誕生日かもしれない。

どうして、どうして不幸なわけがあるのだろう？


午後九時四十分。

終了を告げるアラートが鳴る。

最後の一滴を見届けて、僕は大きく深呼吸した。

あの日のまま止まっていた時間が、静かに動き出した。心臓は拍動を続ける。


ありがとう。

ドナーになってくれた貴方と、二十一年前の今日産んでくれた両親と、それから僕を応援してくれる全ての人達へ。あらゆる仕合わせが複雑に絡み合い、僕は今こうして生きている。

もちろん泣きたい日もあるし、笑いたい日だってある。どちらも仕合わせで、その多くを幸せと呼べたらいい。今年はそういう一年でありたい。


そうしてまた、誕生日が来るのを待とう。

来年も、再来年も、その翌年も。

デイ・ゼロ。
僕はまだ、生きている。

移植後は厳しい戦いが続いた。

吐き気と下痢は治まらず、

体温はしばしば40度を超えた。

それでも僕は病棟で大学に提出する

レポートを書き続けた。

期末試験も別室で受けた。

そうして、人生で最もしんどい夏を生き抜いた。

ドナーの細胞は無事に生着し、拒絶反応も少なく、

ついに移植は成功した。

気が付けば、まもなく冬が訪れようとしていた。

砂嵐 ― ダンス

2018.11.22

退院した。

全てが砂嵐のごとく過ぎ去った一四八日だった。


この一四八日間、僕は死と向き合いながら、ひたすら生について考えていた。

どうして生きているのか。

あるいは、何のために生きているのか。

そして、生きる意味とは何なのか。

結論から言うと、何も分からなかった。どうして生きているのか、何のために生きているのかもよく分からなかったし、生きる意味なんてもはや分かる気すらしなかった。もし模範解答が存在するのなら、僕の解答は白紙にでかでかとバツ印を付けられるのだろう。

一昨年がんになったときも、同じことを考え続けた。自分なりに突き詰めて考えた挙句、「生きる意味なんてものはない」と書いた。人生は意味を付与できるほど単純明快なものではない、という文脈で。

あれから暫《しばら》くして、友人から手紙を貰った。そこには「生きる意味はあると思います」と書かれていた。僕の文脈をどう理解してくれていたのかは知らない。ただ、生きることについて考えるとき、何となくあの言葉が魚の小骨のように引っかかるのだ。

七月二日の深夜に発作を起こしたとき、経験の無い痛みが全身を襲って、僕はベッドの上で過呼吸になりながらもがき苦しんだ。のたうちまわり、這いずりまわり、看護師らに押さえつけられた。モルヒネ、モルヒネ、と何度も叫んだ。

あの瞬間、僕にとっての「生きること」は、苦痛以外の何物でもなかった。

もしかすると、あの痛みを経験したことのある人間にしか分からないことがあるのかもしれない。死の恐怖と、生の意味。ただ、どれだけ割り切ろうとしたって、「生きる意味はあると思います」が視界の端で小刻みに揺れるのだ。

「生きなければならない」というパラドックスを生きることがどれほど苦しいものか。僕はもう思い出したくもない。

生きる上で本当に大事なのは生きる意味を考えることではなくて、生きることそのものに集中することだと思っている。なぜなら、そうしなければ僕達は、人生のある点でパラドックスの上を生きてしまうことになるからだ。生きる意味を持つことは諸刃の剣で、ある点では生きることを後押しする一方で、ある点では進行方向を閉ざしさえする。まるで、水を与えすぎた植物が枯れてしまうかのように。

考えてはいけない、というのもひとつの考え方だろう。たとえ意味がどうであれ、僕達は砂嵐を乗り越えなくてはならないのだ。人生に与えられた選択肢はただひとつ、「生きること」だけなのだから。

「音楽の鳴っている間はとにかく踊り続けるんだ。おいらの言っていることはわかるかい？踊るんだ。踊り続けるんだ。何故踊るかなんて考えちゃいけない。意味なんてことは考えちゃいけない。意味なんてもともとないんだ。そんなこと考えだしたら足が停まる。一度足が停まったら、もうおいらには何ともしてあげられなくなってしまう。あんたの繋がりはもう何もなくなってしまう。永遠になくなってしまうんだよ。

（中略）

あんたはたしかに疲れている。疲れて、脅《おび》えている。誰にでもそういう時がある。何もかもが間違っているように感じられるんだ。だから足が停まってしまう」

僕は目を上げて、また壁の上の影をしばらく見つめた。

「でも踊るしかないんだよ」と羊男は続けた。「それもとびっきり上手く踊るんだ。みんなが感心するくらいに。そうすればおいらもあんたのことを、手伝ってあげられるかもしれない。だから踊るんだよ。音楽の続く限り」

オドルンダヨ。オンガクノツヅクカギリ。

——村上春樹『ダンス・ダンス・ダンス』（講談社文庫）より

確かに疲れて、そして脅えている。それでも、鼓動の音が聞こえるうちは、足を止めちゃいけない。人は「立ち止まって考えろ」なんて平気な顔をして言うが、そんなことしたら全てが冷え切ってしまう。何があろうとただ無心になって踊り続けること、それが「生きる」という行為なのだ。

あの友人の手紙のように、もしかすると踊ることには多少なり意味があるのかもしれない。

ただ、それを考えはじめると、僕はどうしても足が止まってしまう。

生きることの意味は、きっと分からなくていいんだと思う。そもそもこの年齢で分かってしまう方が、ある意味分かっていない。意味というものは大抵全てが終わってから後付けされるものであって、道中来た方向を指差して知るものではないのだから。死ぬ間際に初めて会得して、ようやく意味たりえるのだろう。

この一四八日間で分かったのは、「とびっきり上手く踊ること」の重要性かもしれない。兎《と》にも角《かく》にも生きようと努力することで、誰かが手を差し伸べてくれる。運命は理不尽であれ、世界はそんなに冷たくない。踊り続けるという行為そのものが、回り回って、結局は踊る原動力になるのだ。

最後に、同じく村上春樹著、『海辺のカフカ』の一節を。

ある場合には運命っていうのは、絶えまなく進行方向を変える局地的な砂嵐に似ている。君はそれを避けようと足どりを変える。そうすると、嵐も君に合わせるように足どりを変える。君はもう一度足どりを変える。すると嵐もまた同じように足どりを変える。何度でも何度でも、まるで夜明け前に死神と踊る不吉なダンスみたいに、それが繰りかえされる。なぜ

かといえば、その嵐はどこか遠くからやってきた無関係ななにかじゃないからだ。そいつはつまり、君自身のことなんだ。君の中にあるなにかなんだ。だから君にできることといえば、あきらめてその嵐の中にまっすぐ足を踏みいれ、砂が入らないように目と耳をしっかりふさぎ、一歩一歩とおり抜けていくことだけだ。

（中略）

そしてもちろん、君はじっさいにそいつをくぐり抜けることになる。そのはげしい砂嵐を。形《けい》而上《じじょう》的で象徴的な砂嵐を。でも形而上的であり象徴的でありながら、同時にそいつは千の剃刀《かみそり》のようにするどく生身を切り裂くんだ。何人もの人たちがそこで血を流し、君自身もまた血を流すだろう。温かくて赤い血だ。君は両手にその血を受けるだろう。それは君の血であり、ほかの人たちの血でもある。

そしてその砂嵐が終わったとき、どうやって自分がそいつをくぐり抜けて生きのびることができたのか、君にはよく理解できないはずだ。いやほんとうにそいつが去ってしまったのかどうかもたしかじゃないはずだ。でもひとつだけはっきりしていることがある。その嵐から出てきた君は、そこに足を踏みいれたときの君じゃないっていうことだ。そう、それが砂嵐というものの意味なんだ。

――村上春樹『海辺のカフカ』（講談社文庫）より

死神と踊る不吉なダンスのような、砂嵐。僕はどうやってそれを抜けることができたのか、あるいは抜け終えたのかどうかも、さっぱり分からない。白血病を告げられたとき、僕はとにかく逃げたかった。でも結局どこへ逃げようと、砂嵐は僕自身の問題であって、いつまでも執拗に付いてきたのだ。

運命というものは偶然の様相を呈した必然であって、「どこか遠くからやってきた無関係ななにか」では決してない。だから運命から逃げることは不可能だ。「できることといえば、あきらめてその嵐の中にまっすぐ足を踏みいれ、砂が入らないように目と耳をしっかりふさぎ、一歩一歩とおり抜けていくことだけ」、それだけしかないのだ。

もしも砂嵐が偶発的なものならば、僕はこれからも呑気《のんき》に生きていけただろう。でも実際はそうではない。目に見えようと見えまいと、あらゆる物事には原因が存在している。きっとがん細胞も、科学の手の届かないところで、何らかの因果によって発生しているのだ。だから僕は砂嵐を抜けても、また砂嵐が再発するのではないかと、やはり脅えている。

それでも、踊り続けるしかない。どんな砂嵐の中でも、そして砂嵐を抜けてからも、与えられた選択肢は「踊ること」、ただそれだけなのだ。音楽の続く限り。

砂嵐というのは局地的で、当事者の真上にだけ存在している。当事者以外の人間は砂嵐の中には入れない。蚊帳《かや》の外で、じっと見守るだけ。当たり前のことだが、どれだけ傷付こうと血を流そうと、その痛みは物理的には誰とも分かち合うことができない。物理的には。

一方で、精神的には痛みを共有することができる。僕達人間は賢い生き物で、他人の痛みを想像することに長けているのである。「優」の字が憂《うれ》える者の側に寄り添う人を表すのは、憂いを知る者こそ優《やさ》しいからだ。人には慈悲の心が備わっていて、砂嵐の外から渦中へ手を伸ばし支えてくれる。僕は、差し伸べられた数知れぬ手に導かれるようにして、気が付けば砂嵐を抜けていた。


そういう点で、僕はひとりではなかった。みんな優しかったのだ。

あるときには、何十人もの献血者が僕に血を分けてくれた。暖かくて、赤い血だ。そして今、僕は名も知らぬドナーの血液型で生きている。

「それは君の血であり、他の人達の血でもある」

これは比喩でも何でもなく、本当に僕の身に起こったことなのだ。僕のために、僕だけのために、文字通り血の滲むほど尽力してくれた人々がいて、そうして今ここに生きることができている。

あの夏の日、僕は病室の窓から蒼い空を見上げて、もう本当に死ぬものだと思っていた。もっと生きたかった、当たり前に生きたかったと、何度も拳を握りしめては膝に打ち付けた。

いま、嵐の後の澄んだ冬空を見上げて、あの日を懐かしくさえ思う。僕の手には、あの日と違う血が流れている。

入院中に撮った写真を見返していると、入院して十日目の、七夕の短冊が出てきた。

「楽しい入院生活だったと、笑って振り返ることのできる、そんな入院生活になりますように」

震える手で書いたあの日の願い事が、ようやく叶った。僕は砂嵐の中を踊り続けてきたし、踊り続けたことによって音楽はまだ続いている。

これからも、音楽の続く限りは、たとえどんな砂嵐の中であれ、抗いながら踊り続けようと思う。

新しい血と共に。

骨髄移植の〝ウラ側〟——臨床研究

骨髄移植は、造血幹細胞移植のひとつの方法です。骨髄の中にあり、赤血球・白血球・血小板をつくりだす元になる「造血幹細胞」を、ドナーさんから採取して患者の静脈に注入するというものです。移植の前に患者の造血幹細胞を消して、全てドナーの幹細胞に入れ替えます。

患者に注入された造血幹細胞は、血液に乗って全身に広がり、その一部が、真《ま》っ新《さら》にされた骨髄にまで到達します。造血幹細胞がそこに落ち着き、ドナー由来の正常な血を患者の骨髄の中で作れるようになると「生着《せいちゃく》」と呼ばれます。生着するまでは血液を作れないので、輸血が必要になるのです。

白血病はまだまだ未知の病で、日々多くの研究がなされています。

僕は大学病院に入院し治療をうけていますが、そこで患者として参加してる臨床研究は、事業や調査も含めると全部で7つです。

結構多くないですか？（笑）

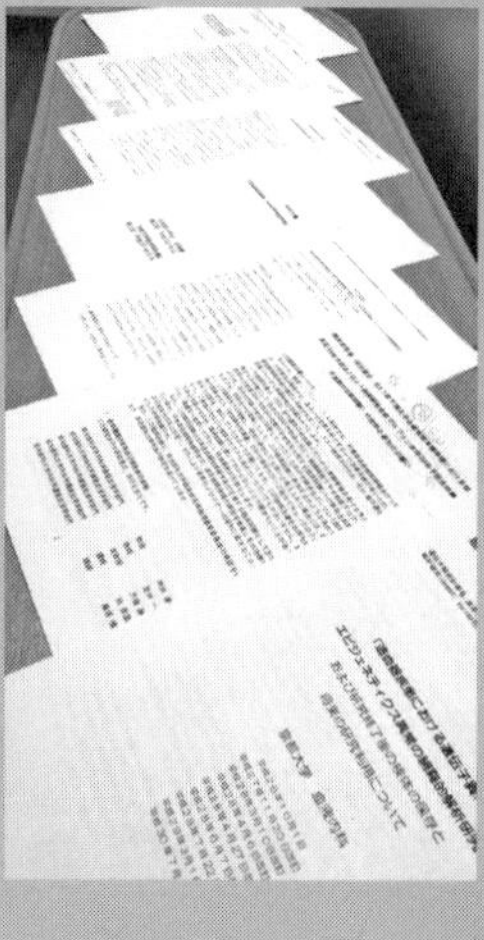

これが、その同意書やら説明文書やらです。長いものだと数十ページに及びます。

ひとつずつ、簡単に説明していきますね。

1.【造血幹細胞移植医療の全国調査】

これは、移植後の年齢別・性別・治療法別の再発率や生存率等を調査するものです。

2.【生体資料の保管と将来の研究利用】

僕から採取された骨髄液などのあらゆる生体資料は、京都大学での研究に役立てられます。

3.【非血縁者間骨髄・末梢血幹細胞移植における検体保存事業】

これも上と同じ感じです。

次に、臨床研究です。

4.【若年男性のがん患者及び免疫疾患患者における妊孕性温存のための精子凍結保存】

大量の抗がん剤と放射線を浴びると、精子や卵子は死んで、一生作れなくなる場合が多いです。そのため、治療前に保存します。保存した精子の状態の評価や、後々の体外受精による妊娠に関する評価などが、研究に利用されます。

5.【造血器疾患における遺伝子異常・エピジェネティクス異常の網羅的研究解析】

白血病の原因は、未だに解明されていません。この研究は、遺伝子異常のある患者の細胞を解析し、白血病をはじめとする造血器疾患の解明を進める研究です。

6.【造血器疾患治療後の常在細菌叢の変化と、合併症発症リスクとの関連解析】

化学療法や放射線治療をした後、多くの腸内細菌が死に、バランスが乱れてしまいます。このバランスの乱れが副作用を及ぼすかどうか、関連性を研究するものです。

7.【HLA1座不適合非血縁者間骨髄移植における従来型GVHD予防法と抗ヒト胸腺細胞免疫グロブリン併用GVHD予防法の無作為割付比較試験】

これは、ある新薬を使うことで移植後に起きるGVHDを防げるかどうか、という研究です。ＧＶＨＤとは、移植された細胞の白血球が、患者の臓器（皮膚や肝臓、消化管など）を攻撃することです。

以上です！！　　えらい長々と書いてしまいました（笑）

これだけの臨床研究に参加してるんですよね。僕が病気になることで、今後新たに救われる命もあるんです。

割と本当に、京都大学のノーベル賞の手助けをしています（笑）

ドナーさんってどんなことするの？ ドナーになるには？

ところで、この白血病は、医者の力ではどうにもできないことがあります。「血」です。

「血」を皆さんに分けていただくことでしか、血液疾患患者は生きられません。その方法が、「献血」と「ドナーによる骨髄提供」です。

【ドナーの登録】

ドナーとは、患者と型のあった骨髄液を提供する人です。ドナーになるための登録は、各都道府県の保健所や献血ルームで行えます。

献血に行った時に、受付で「ドナーの登録がしたいです」と言えば丁寧に教えてくれます。そして2㎖の血液を取れば、おしまいです。

登録だけならすぐに終わります。18歳～54歳、体重40kg 以上（男性45kg 以上）の健康の方なら誰でも大丈夫！！　もちろん、献血せずドナー登録だけでもOK!　でも、登録できない人もいるので、日本骨髄バンクのサイト（www.jmdp.or.jp）もチェック。

あとはドナー候補者に選ばれるのを待つだけです。といっても、実はこれまで登録者の4割が、ドナー候補に選ばれているのです。

（つまり、それだけドナーが足りないということです）

【もしドナー候補者に選ばれたら】

骨髄バンクから郵便物が届きます。「ドナー候補者に選ばれました」というやつです。

患者1人につき、最初に選ばれるドナー候補は10人までと決まっています。その後、候補者がいなくなると新たにドナー候補が選ばれます。あなたはそのうちの1人。断っても大丈夫。仕事があるかもしれないし、家庭だってあるかもしれない。だから、強制されることは絶対ありません。

もし、ドナーになることに同意するなら、健康確認などのアンケートに答え、返信用封筒で返信します。

すると数日後に骨髄バンクコーディネーターから電話がかかってきます。返信内容の再確認と、本人・家族の意思確認、病歴などを聞かれます。

そして、その1〜2週間後くらいに近くの総合病院に出向きます。

説明や問診を受け、採血されます。確認検査で次のステップに進めるか決まります。

複数のドナー候補者の確認検査結果をもとに、健康状態や年齢などを鑑みて、最も良いと思われる1人を患者さんの主治医が選定します。

すると、コーディネーターから「ドナーとして選ばれました」という電話が入ります。

それと共に採取の具体的な日程調整があり、次に「最終同意面談」があります。本人とその家族、医師、コーディネーター、そして立会人も同席します。

立会人が同席する理由は、「自らの意思かどうか、ドナーとなることを強制されていないか、を監視するため」です。徹底していますね。

その後は、採取前健康診断や自己血の採取（提供後に血が少なくなるため）を行います。激しい運動は控えるように言われます。アルコールは入院前日までは飲めます。

そして入院の日。

採取日の前日に入院し、3泊4日病院で過ごします。食事制限はありません。骨髄の採取は全身麻酔下で行うので、多少の違和感が数日残る程度で、痛くはないそうです。もちろん個室でのVIP扱いで、入院費は全額、骨髄の提供を受ける患者側の負担になります。

いかがでしょう？
ドナーになってみませんか？

いま、白血病などで骨髄バンクでドナーを探している患者の数は、年間約2000人。

僕も、その1人でした。

僕はドナーを待つ間、不安でなりませんでした。見つからなかったらどうしよう、死ぬんじゃないか、それればかり考えていました。

2000人が、明日も生きたいと、必死にもがいています。この病棟にだって、何人もいます。高校生、大学生、幼い子供のいる父親。

彼らを救ってください。

ドナーが足りません。

本当に足りません。

せっかく健康に生まれたのだから、誰かの命、救ってみませんか？

あなたの血で、救える命があるんです。

人間を救うのは、人間だ。

本日はこの辺で。
長文、最後まで読んでくださって本当にありがとうございます。

ドナー登録、ぜひよろしくお願いします。

（一部抜粋）

仲間

僕は紙一重のところで生き残ったが、
亡くなってしまった知人や闘病仲間も多くいた。
別れのたび、
僕はいたたまれない気持ちになった。
彼らには、やりたかったことが
まだまだあったはずだった。

4

espressivo

2018.9.25

過去というものは水底に沈んだガラス玉だ。光を浴びて表情を変え、時の流れに合わせてゆらゆらと漂う。手の決して届かぬところで、それでも確かに存在している。少しずつ色褪《あ》せていくが、探せばいつも変わることなくそこにある。水が濁れば浅い部分しか見えなくなるし、水が澄めば深くまで見えるようになる。

ピアノの鍵盤に手を伸ばす。副作用で痺れた手が小刻みに震える。手の届かぬガラス玉がまたひとつ増えてしまったな、と思う。

少しだけ、僕とピアノの話がしたい。

ガキの頃、本よりも先に楽譜が読めるようになった。

物心ついたときには鍵盤を触っていて、入学祝いで電子ピアノを買ってもらったときは大喜びした。三歳から十一歳までの八年間、僕は週一回ほとんど欠かさずピアノ教室に通った。教室とはいえ、昔ながらの一軒家の応接間だった。フカフカのソファがあり、楽譜のひしめく本棚があり、電子ピアノとエレクトーンとグランドピアノがあった。玄関先は、ときおり線香のいい香りがした。

先生はとても優しかった。怒られたことは一度たりともない。上品で、笑顔を絶やさず、何より僕の我儘《わがまま》な性格に八年間も付き合ってくれた。僕の誕生日をちゃんと覚えてくれていて、毎年プレゼントを貰った。

小六になる前、中学受験を理由にピアノを辞めた。受験は落ちた。

先生とはそれから少し疎遠になった。それでもピアノを遠ざけることはできなかった。暇を見つけては自己流に弾いた。中学に入ってからも、合唱コンクールのたびに少し指導してもらっていた。

あれから暫く経った。高校を卒業し、大学生になった。そんな矢先、二年半前のことだった。

先生はがんになった。

ピアノ教室は閉められた。僕はそのことを知らなかった。一年近くにわたって入退院を繰り返したらしい。必死にがんを闘い抜いて、身体はボロボロになってしまった、と後から聞いた。

それでも一昨年末には少し落ち着いたらしかった。ちょうどその頃、入れ替わるようにして今度は僕ががんになった。二〇一六年が終わろうとしていた。

二〇一七年の春、一本の電話があった。先生からだった。がんになったこと、それでも負けなかったこと、もう一度ピアノ教室を再開したこと、たくさんの報告をしてくれた。どうやら先生は、僕の闘病のことを教室の生徒経由で知っていたらしかった。それで、励ましたくて電話をかけてきたそうだ。また遊びに来てね、と言ってくれた。

必ず行きます、と約束した。

あの約束から、気が付けば一年半の歳月が流れていった。愚かな僕は、日々の忙しさを言い訳にして、その約束をまだ果たしていなかった。

今年の五月頃、先生は再び入院した。僕が知ったのは、八月の半ばだった。見舞いに来てくれた友人が教えてくれた。先生が退院したら、先生の家に一緒に行こうと約束した。今度は本当に行かなければならない、と思った。

会える人に、会えるうちに、会わなければならない。それはこの数ヶ月でより強く実感していることだった。

何より、もう一度先生の前でピアノを弾きたかった。先生の退院予定日が、実は八月二日だったことは、後から知った。とにかく、すぐに会えると思っていた。

退院の前日、八月一日に事態は急変する。

快方に向かっていたはずの先生は突如として危篤《きとく》状態に陥った。穏やかな日常は儚《はかな》く消えた。数日後に意識が戻るまで、先生は生死の境を彷徨《さまよ》った。

「必ず家に帰ろう」

旦那さんはそう言い続けたという。人工呼吸器を付け、ただ黙って頷くだけの先生に、何度も、何度も。

二週間前、先生は家に帰った。

僕は主治医に無理を言って外出許可を貰い、病院で黒のスーツに着替え、点滴の針を刺したまま葬儀場に向かった。車中、僕はひどく後悔していた。会えるうちに会わなかった自分をひどく恨んだ。どうしてもやりきれなかった。

葬儀場に着く。入口の脇、懐かしい名前の上に「故」と添えられている。在りし日は過ぎ去った。もうこの世にはいない。それが実際に、本当に起こったのだということを眼前に突き付けられる。

先生を飲み込んだ死。自分に迫りくる死。がんと白血病。ピアノと震える手。あらゆる感情を整理するには、僕はあまりに孤独だった。そして、孤独を誰とも分かち合えないことこそが、僕の孤独を果てしなく加速させた。

あのガラス玉に、もう手の届くことはない。

そして僕自身もまた、過去のガラス玉になろうとしているのかもしれない。

故人の想い出の品が並べられていた。発表会の写真には、僕が硬くなって写っていた。プログラムを開くと、自分の名前の横に懐かしい曲名があった。確か、本番だけ上手くいった。連弾曲の方は盛大に間違えた。

本当は、発表会で難しい曲を弾きたかった。上手くもないのに楽譜を漁《あさ》って、あれがいい、これは嫌だと駄々をこねた覚えがある。いつも半人前だった。

先生は頷きながら聞いてくれた。それからこう言ってくれた。

「難しい曲を雑に弾くのは良くないよ。簡単な曲でも、感情を込めて、丁寧に弾くことができたら、素晴らしい曲になるから。そういう曲しか現代まで残ってないよ」

espressivo を知ったのはこのときだったろうか。好きな音楽用語のひとつだ。

楽曲には、どのような表現をすべきかを示す「発想標語」なるものが存在する。カンタービレなら「歌うように」、ドルチェなら「柔和に」、そして先ほどのエスプレッシーボは、「感情を込めて、表情豊かに」。

多少のアレンジこそあれ、演奏者は楽譜に忠実だ。同じ楽譜なら、機械に弾かせてしまえば同じ音になる。そんな譜面にどう感情を込めるか、いかにして表情豊かな曲として息を吹き込むか、それが演奏者として最も重要なのだと思う。

同じことが人生についても言える。

僕達は運命に忠実に生きている。「人生とは音楽だ」とはよく言ったもので、僕達は生まれてから死ぬまでずっと、一方向にしか進めない五線譜の上を歩き続けている。

そこには予め決められていたかのように、容赦のないリズムもあれば全く冗長なメロディも存在する。そして僕達は難解な旋律を雑に弾いてしまうことだってできるし、簡素なメロディを豊かにすることだってできる。

白血病患者としての人生。背負わねばならぬ運命。

そんな譜面を、それでも僕は表情豊かに弾きあげたい。今は強くそう思う。どんな譜面であれ、espressivo でありたい。感情を込めて、表情豊かに。

いくつものガラス玉と出会い、手にとり、眺めてきた。それは音符のようなものなのだろう。ひとつ、またひとつと、流れ過ぎ去る。音符の流れが、旋律を生む。

弾き終えた音符ひとつひとつが楽曲を構成するように、ガラス玉それぞれが人生を構成している。過ぎ去りし音符はガラス玉であり、水中をゆらゆらと漂いながら、それでも消えることなく確かに存在している。

中学時代の理科の授業を思い出す。

「光は水面で屈折します。だから水の底にある物体は、実際よりも浅く見えちゃうんです。本当はもっと深いところにあります」

手が届くと思っていたガラス玉は、もっと深く遠いところにあった。水底で輝けど、もう手は届かないのだろう。それでも僕は、震える手をそっと鍵盤に伸ばす。今は亡き故人に教えられたピアノ。僕は一生弾き続けることを決めた。そうすることで、少しでも故人の生きた証しが残っていくのなら。

窓を開けると、夕暮れと共に秋の匂いが入ってきた。手は届かなくとも、音は届くのだろうか。半人前のピアノの旋律は、金風《きんぷう》に乗って遥か遠くまで運ばれていった。

残された者たちへ

2019.4.25

今年も高野川が薄紅に色付く。時折強い風に吹かれて桜吹雪が舞う。美しい、しかし人々はさもそれが当然であるかのように通り過ぎてゆく。見えているのだ、しかし見てはいない。

マツダRX—8のロータリー・エンジンは不満げなアイドリングで低い回転数を維持しながら、やや混雑しはじめた川端通りをそろりそろりと北へ進んでいた。水彩絵具に水をたっぷり含ませたであろう空が彼方まで広がっていて、それはウイニング・ブルーの車体より幾分控えめでもあった。

昼下がりのラジオはDJが張り切ることもなく聴きやすいからだろうか、あるいは僕が昼食をちゃんと取ったからだろうか、それともカー・エアコンの温度設定が適切だからなのだろうか。いずれにせよ、とても心地良い。春という季節を今日この瞬間まで忘れていたのは僕の方だった。

ボーズの純正オーディオを通して一九九四年の夏、OASIS《オアシス》のLIVE FOREVER

が流れてくる。音楽というものはいつもそうだ。言葉にすることのできぬ想いを、あるいは僕の人生を、まるで全て見通したかのように響く。あるときは脳に、あるときは五臓六腑に。「貴方はここが痒《かゆ》いんでしょ掻《か》いてあげますよ」と言わんばかりに、しかし図々しくも仰々《ぎょうぎょう》しくもなく代弁してくれる。そういう言語である。

Maybe you're the same as me
We see things they'll never see
You and I are gonna live forever
（作詞：Gallagher Noel Thomas）

（多分アンタも俺と同じだ
奴らには見えない物を見てんだ
そして俺達は永遠に生きるんだ
——著者訳）

オッチャンを思い出す。僕は左手をハンドルから離して僅かにボリュームを上げる。俺もアンタも永遠に生きるんだ、きっと。

オアシスは確かにそう歌っているし、僕の過去もアンタの過去も全て知っている。音楽は解釈の言語なのだ。

そして、そのポップなメロディは僕の切実な感情を、まるで技術士がデジタルノギスできちんと測定したかのように寸分の狂いもなく極めて正確に描写し、それゆえ僕を激しい後悔へといざなうのである。

せめてもの償いに、オッチャンの話をしよう。

昨夏病棟で出会った、車椅子のオッチャンの話である。

＊＊＊

彼は類稀《たぐいまれ》なお喋りなオッチャンだった。もちろん重症患者である。

しかしある場合には、忙《せわ》しなく働く看護師さんにとって疎《うと》うべきお喋り患者でもあった。一般に気さくとみなされる範疇《はんちゅう》を両足で跨《また》いで寄ってくる人間であり、親近感の生まれる程よい距離とは言いがたいまでに随分と内側に入ってきては、罪悪感のない様子で屈託無く微笑んだ。

そしてこれは特筆すべきことだが、彼は誰に対しても敬語を使ったのである。もちろん三十歳以上年下の僕に対してもそうであったし、物理的にはもっともっと低くあった。なぜなら彼は車椅子から立つことができなかったからだ。

「勉強ですか？」

血液内科の病棟の食堂で声をかけてきたのは彼の方だった。ある夏の日のことである。

僕は面喰らった。集中して机に向かう面識の無い人間に後ろから話しかける、そんな芸ができる人などそういないからである。仮にいたとしよう、それが常識を兼ね備えた人間であることは微塵も期待できない。この人間は僕の勉強の邪魔をしてまでも僕のことを知りたいのだろうか、それともただ構ってほしいだけなのだろうか、そんな疑問も彼の微笑みの前では無力であった。

僕は仕方なく操り人形みたいにぎこちない相槌を打ち続けた。それが出会いである。

冷たい人間だと思う人もいるだろう、いや僕だって普段は他人にそんな態度を取らない。とはいえその当時はレポートを数十枚書き上げなければならなかったし、期末試験も三つ残していた。とてもじゃないが相手にする余裕はなかったのだ。申し訳ないと思う。

話半分に聴きながら僕はずっと机の方を向いていた。彼は口を開くと一時間は閉じなかった。

そういうわけで第一印象はあまりよくなかった。この場合は逆についても同じことが言えるだろう、つまり彼にとっての僕の印象も悪かったはずだ（もはや確かめようもないが）。

僕とオッチャンが打ち解けるまでには、数週間かかった。どうして打ち解けたのかはよくわからない。彼は確かにお喋りだったし、彼にとってみれば僕は無口であった。まるでN極とS極が相容れることのないように、反発し合う磁界の関係にあった。

ただマクロではそうであっても、ミクロではお互い何かに惹かれていた。どういうわけか、これは確信を持って言えることなのである。

電磁気力が「強い力」の前ではほとんど無視されるように、僕らの間には孤独と呼ばれるグルーオンが存在し、電気的な斥力《せきりょく》をものともしなかったのだ。少なくとも僕はそう解釈することにしている。孤独を埋め合わせるためには、同じ種類の孤独が必要なのだ、と。

病を共に生きようとする人間の間にしか生まれない絆の類のものが、そうして緩やかに存在しはじめた。

オッチャンはよく僕の病室に来て居座った。そして八月も終わろうとする頃には、僕とオッチャンは同じ病室になり、一日の多くを共に過ごすようになっていた。とはいえ、やはり饒舌な彼の前に為すすべはなく、僕はいつも聞き手に回ったのだった。

薬剤の影響であろう、髪はもう生えそうになかった。白いスキンヘッドは黒縁の眼鏡を際立たせ、彼のキャラクターをより一層濃いものにしていた。ありとあらゆる話を、半ば自己に言い聞かせるようにして話してくれた。生い立ちのこと、病のこと、家庭のこと。やはりそのどれもが長いものだった。

冗長と言えば失礼かもしれないが、事実よく脱線したし、それは自他共に認めていた。卒業式か何かでスピーチをさせたら五人は死人を出すだろう。もう少し纏めて話すことができたのかもしれない。しかしながら、それが彼なりの語り方であり、彼が愛される所以《ゆえん》でもあった。

「いつも長々とお相手していただいてすみませんね、こんな人ですから」。奥さんはいつもそう微笑んだ。

多くの病を抱え、多くの介助を必要とした。それら全てが彼を苦しめていた。悔しいかな、その点ばかりは分かち合えなかった。

「もうしんどいんですわ」、彼はよく僕にそう漏らしたのである。そして本当にしんどい日はやはり無口であった。立て板を流れる水は細り、ポツリポツリと哀しげに溢れた。

「京大生ですか、それは素晴らしいですね」、彼はいつも僕のことをそうやって褒めてくれた。透き通った眼差しであったことが僕は嬉しかった。

毎度のように持ち上げてくれるので、もしや認知症ではないかと疑ったこともあった。(しかしそんなことは微塵もなかった、なぜなら彼は僕が話したことをまるで目を盗んでノートブックに書き入れているのかと思うほどに、事細かに記憶していたのだ)。

京大の総長カレーを買ってきてください、レトルトのやつを、そんな頼みをされたこともあった。もちろん僕は快く引き受けた。クリーン管理された人間にとって、レトルト食品と冷凍食品はご馳走なのである。

その当時僕は大学と病院を往復する生活をしていた。生協に行ってお徳用五個パックをレジに置くと、店員は僕のことを物珍しそうな顔で見つめた。買って帰るとオッチャンはとても上機嫌だった。奥さんに見せびらかしていた。

マツダの車について語り合った夜もあった。

その頃僕たちはまるで兄弟みたいになっていた。往年のロータリーエンジンの咆哮《ほうこう》の美しさ

（それは「天使の絶叫」と呼ばれている）について、意見が一致した。それから最近のデザインコンセプトについても称えあった。僕は彼と同じくらい多く話したたし、それを彼はとても喜んでくれていたと思う。マツダ・ロードスターの話なんか食い入るように聞いてくれた。というのも彼は身体障害者であって、車椅子を助手席に乗せ、かつ手のみで脚を使わず運転できる、そんなオープン・スポーツカーのことを知って感動していたのだ。車両価格に三十万円ほど足すだけでいいらしいですよ、と勧めると車椅子から転げ落ちそうになっていた。買いますわ買いますわと微笑んでいた。

ところが十月に入り、オッチャンは突然喋らなくなった。そのとき僕は移植のために特別な個室に移っていて、一日のうち数時間ばかり廊下に出ることを許され、オッチャンを探した。しかしオッチャンは廊下で看護師さんに話しかけてもいなかったし、食堂で他の患者さんと話し込んでいるようなこともなかった。たまに車椅子で検査に向かう様子を見かけたが、彼に声をかけても手を挙げるばかりであった。

十一月、僕は退院した。
オッチャンの姿はどこかの病室へ消えて、もう姿を見ることはなかった。

もちろん、僕にもそういう時期はあったし、体調が悪くて病室から出られないというのは、どの患者にもよくあることだった。

そうして長い冬が訪れた。

春はいつまでも息を潜めているのだった。

＊＊＊

T氏と会ったのは三月の末、病院近くの喫茶店である。T氏も同じ病棟で過ごした患者仲間だ。オッチャンよりは少し年上で、身長は僕よりずっと高い。患者仲間とはよくご飯に行くのだ、そこでは大抵奢られることになる（だから行くなんてことはない、僕にはそこでしか話せない想いがあるのだ）。

T氏と僕とオッチャンの三人は仲が良く、入院当時いつも一緒に過ごしていた。阪神が負けるとみんな機嫌が悪かった。

その日は僕もT氏も診察があった。会計を終えてから、一緒に昼食を取ろうということになっていたのだ。僕はどう考えてもブロッコリーが蛇足としか思えないカルボナーラをぐるぐると巻きながら彼の話を聞き、適当なところで相槌を打った。最近どう、まぁぼちぼちです、えらい黒いやんどぅしたん、これは元からです。

「あぁ、そうだ」

まるでたった今思い出したかのような口調であったが、そうではないことを僕は瞬時に見抜いた。T氏は僕のカルボナーラを見つめながら、それをいつ言い出そうか迷っていたらしかった。

「オッチャン、死んだよ」

彼はそう言うとタレのこびり付いたカツを摘み、僕の顔を見て、食べるのをやめた。僕はそれほど哀しい顔をしていたようだった。

「すまんな、言わん方が良かったな」

箸を置いてから彼は絞るように呟いた。

僕は首を振った。

「いや、教えてくださってありがとうございます。知らない方が楽ですが知っておくべきです」

お互い、言葉はそれ以上続かなかった。

昼下がりのテーブルの上は重たい沈黙で曇っていた。

やがて沈黙の雲から雨が降り始めた。どうしても堪《こら》えられなかった。知らない方が良かったのかもしれない。もう二度と勉強の邪魔をされることもないし、もう二度とロータリーエンジンについて語ることもできない。最下位の阪神にヤジを飛ばし合うこともない。

死んだんだから。

次々と蘇ってきた記憶を振り払おうとして、僕は冷めてしまったカルボナーラをひたすら巻き続けた。

同じ病を持ち、同じ時間を共有した。僕達は健常者には決して見えない世界を見ていたし、その世界を生きていた。僕達の中だけでしか通じない言語があった。

戦友を失った。

「生き残ったんだよ、俺たちはさ」

長い沈黙のあと、T氏はおもむろにそう呟いた。

「残された者には残された者の責務がある、とにかく生きることだよ」

僕は溢れてくる涙を落とさないようにしながらブロッコリーを纏めて口に押し込んだ。

そう、これは死ぬ病だ。いくつもの尊い命が犠牲になってきた病だ。僕達はそれを生き抜けねばならない。生き延びねばならない。

リヴ・フォーエヴァー。

決して叶わないのだ。

それでも叫ぶ、生きたい、生きたい、生きたい……

＊＊＊

信号が赤に変わる。

停止線を少し越え、マツダＲＸ―８はゆっくりと停まる。窓を開けると春の匂いがする。高野川はゆらゆらと流れる。

残されてしまったのだ。

そしていつの日か、僕もまた誰かを、大切な誰かを残して去ってしまうのだ。

カウント・ダウンはもう始まっているし、止められそうもない。

それでも、鼓動の続く限り。


〝残された者には残された者の責務がある、とにかく生きることだよ〟

ＣＭが始まったラジオを切って、僕はシフト・レバーをニュートラルに押し込む。それからアクセルを二度三度、力任せに思い切り煽った。

とんでもないエキゾースト・ノートだ。

迷惑だろうか、いや少しくらい構わないだろう。遠慮すればオッチャンの空まで届かないのだ。五月蠅《うるさ》いくらいが丁度《ちょうど》いい。ロータリーエンジンはレブリミット寸前でようやく機嫌を取り戻し、高らかな咆哮を高野川に響かせる。

叫んでいる、天使が叫んでいるのだ。まるで残された者たちの哀しみを代弁するかのように。余韻は彼方へ木霊《こだま》し、風に散る桜はひらりひらりと舞っていた。街行く人はみんな彼が居なくなったことを知らない。もちろん春が知る由もない。

病床のバリスタ

2019.9.23

涼しい夜風が比叡《ひえい》から降りてきて、センチメンタルな心のすぐ横をかすめていく。うだるような暑さはとうに消え去り、柔らかな月の光の中で秋の空気はただ凛《りん》としている。

夏を生き延びたのだ、と思う。

全てが終わったわけではないけれど。

自販機にジャリ銭を突っ込んで、どれを買おうか十数秒ほど悩んだ挙句、結局温かいブラック缶を買う。まるでその手順を踏まなければ買えないかのように。お釣りをポケットに入れ、ゴトンと落ちてきた鉄の塊を握力の失われた両手で抱えるようにして開けると、仄《ほの》かに黒い香りがする。


人の嗜好は変わるものだ、とつくづく思う。苦さは苦であると思っていたのに、甘さを甘んじたものだと考えるようになってしまった。珈琲しかり、人生しかり。大人になる、というのはそういうことなのだろうか。

とはいえ、苦ければいいかというと、それはちょっと違う。苦さの中に深い味わいがなければならない。じっくり煎《い》る必要がある。そして、そういう美味しい珈琲にはなかなか巡り会えない。チェーン店のそれは総じて不味いし、喫茶店にも満足できるものが少ない。だからまだ缶珈琲の方が値段の割には美味しいと思っている。

良いものを知ってしまうと、粗悪なもので満足することができなくなるのは世の常だ。きっと僕の場合もそうで、そのうえ多分それをもう二度と味わうことができないと知っているから忘れられないのだと思う。少しほろ苦く、それでいてどこか爽やかな、あの珈琲の味。

僕が人生でいちばん美味しいと感じた珈琲と、そのバリスタの話を、ちょうど珈琲一杯分だけ、静まった公園のベンチに座って書こうと思う。秋の夜長にはちょっと苦いかもしれない、そんな病床のバリスタの話である。

＊＊＊

「珈琲、飲む？」

朝になると、病室に芳《こう》ばしい香りが広がる。二〇一七年の春、僕は呼吸器外科に入院していて、彼と同じ病室で術後の日々を過ごしていた。四人部屋は基本的にカーテンで仕切られているのだが、彼はいつもカーテンを全開にしていた。理由を聞くと「籠《こも》る必要、ないじゃん」と明るく笑った。語弊を恐れずに言うと、ハゲのよく似合うエネルギッシュなオッチャンだった。髭がまたダンディだった。

「グアテマラと、コスタリカが、あるんだけど、どっちがいい？」

豆の入った茶色い紙袋を二つ持ちながら彼は言った。肺移植患者の彼は、喋るときに沢山息継ぎをしなければならなかった。

「どっちが美味しいんですか？」

「どっちも、美味しいよ」

結局どちらを選んだかは思い出せないけれど、彼の手つきは鮮明に覚えている。

豆を袋から取り出してコーヒーミルに入れ、慣れた様子で取手をゴリゴリと回して挽く。それからカップに手際良くコーヒーフィルターを広げ、挽きたての豆を敷き詰める。仕上げに熱湯をかける。

「この、蒸らしが、大切やからね」

どうやら豆を蒸らす工程には、豆と湯を馴染ませる役割があるらしい。挽いた豆の間隙《かんげき》に空気が入ったままだと、美味しく抽出出来ないのだとか。その上蒸らしが長すぎると苦味が増し、短すぎると酸味ばかりになるという。珈琲は奥が深いんだよ、と教えてもらう。

蒸らした後は三回に分けてお湯を注ぐ。この頃にはもう病室いっぱいに珈琲の香りが漂っている。

「はい」

僕は手渡されたカップを鼻に近付ける。湯気に乗って、挽きたての豆の香りが優しく広がる。

「いやぁ、すみません。いただきます」

朝日の注ぐ病室、ナースコールと看護師さんの足音、そして淹《い》れたての珈琲。すっと広がる爽やかでしつこくない酸味と、キリッとして苦味にメリハリのあるコク。口の中に広がるものの後味はスッキリしていて舌には残らない。完璧な朝だ、と思った。

「美味しいでしょ?」

「すごく……美味しいです……」

あの瞬間、あの香り、あの味。それらが強烈な記憶として僕の体の中に焼き付けられていて、忘れることができないのだ。それから彼は毎朝珈琲を立ててくれた。苦しい闘病生活の、ほんの僅かな至福の時間だった。あの情景は、二度と再現されない。

＊　＊　＊

出町柳《でまちやなぎ》の出町ふたばで彼が大好きな豆餅を買い、その足で病院に向かう。師走のキリキリとした冷たい風が鼻をつく。二〇一八年がまもなく終わろうとしていた。

病室の部屋をノックすると、「どうぞ〜」と懐かしい声がする。

お見舞いに行くのは何度目だろうか。本当は病院でないところで会いたいのに、彼はいつも病院にいたのだ。

再移植待機。

彼の肺は二度目の移植を必要としていた。一四年のクリスマスイブに移植された肺は、四年間の拒絶反応によってボロボロになっていたのだ。少し起こしたベッドの上で、呼吸器と心電図モニターを付けられている彼は、何だか小さく見えた。

「あと、一年くらいね、粘らんと、あかん」

苦しいのか、ときおり呼吸が乱れた。その度に彼は身体を前屈させるように折りたたんで、ふーっと息を吐いた。以前より口数は少なかった。

「しんどいしあんまり喋られへんけど、ちゃんと聞いてるから色々話してあげてね」

奥さんはいつも彼に寄り添っていた。いい夫婦だなと何度も感じた。息子さんも可愛らしかった。

「豆餅を買ってきたんですよ」

「ええ、それは、嬉しいなぁ、あり、がとう」

彼は顔をほころばせた。くしゃっと笑う姿は息子さんと同じだった。

移植の待機は過酷だ。おおよそ平均して三年は待たねばならないが、肺機能はその間にも低下の一途を辿る。耐えて、耐えて、とにかく順番が来るまで耐え忍ばなければならない。しかしながら、自分の番が回ってきた頃には手術に耐えうるほどの体力が残っていないなんてことはザラにある。ましてや二度目の移植ともなれば、大きなリスクが伴う。

「待つの、本当に長いですよね、心が折れそうになりませんか？」

僕の質問に、彼は笑って答えた。

「そりゃあ、しんどいよ、しんどいし、早く移植したいって、いうのは、誰かの死を、望んでるって、ことやからね」

僕は何も言えなかった。彼は続けた。

「でもまぁ、一回移植してる、わけで、その誰かの、命のおかげで、ここにいるし、そのことに、責任を感じる、というのではない、けれども、なんとか、なんとか、生きないと、いけないなぁって」

それから暫くして、年が明けた。新年のメッセージに、彼はこう綴っていた。

「手術で人工呼吸器をつける話があったのですが、肺が全身麻酔に耐えられないのではないかと麻酔科からストップが入り、今の装備で移植まで待つことになりそうです。

あと一年前後

粘るぞー」

＊＊＊

今年の三月、また彼に会いに行った。

僕も二度目の移植をするかもしれない、と打ち明けた。この前の骨髄移植は上手くいかなかったのだ、と。

ほとんど僕が話していた。彼はただじっと頷いて、ときおり呼吸を乱して苦しそうな表情を見せ、それから膝をかかえるようにして痛みを逃していた。それでも最後に「大丈夫だ」と言ってくれた。「ツイてるから、君は」と。

根拠なんてどこにもなかったけれど、彼がそう言うなら大丈夫な気がした。

僕も彼も移植患者であることは同じだった。再移植待ちであることも共通項だった。ただ一点、僕の場合は「待つ」必要がなかった。骨髄は生きている人間から採取できるからだ。それに引き換え、彼はずっと待たなければならない。それも、誰かの死を。永遠にも思える苦しさに耐えながら。

しかし、彼が最も強かったのは、それを決して吐露しないことだった。

少なくとも僕の前では本当に強い患者であった。とにかく生きてやるんだという強い強い執念を感じた。

「僕はね、自分のこと、可哀想だとは、思わないよ、むしろ、失ったものより、得たものの方が、多すぎて、自慢話に、なっちゃうからさ」

＊＊＊

珈琲がなくなったのでそろそろ終わろうと思う。あまり長いと彼に最後まで読んでもらえない。ベンチを立って自販機の傍にあるゴミ箱に空き缶を投げ入れる。今日は月が綺麗だ。

彼は、先日亡き人となった。

移植は間に合わなかった。

夏の終わりと共に、安らかに、彼は逝ってしまったのだ。

またひとり、大事な大事な戦友を失ってしまった。

残念だ。それでも、不思議と悲しくはない。きっと彼もそうだと思う。可哀想だなんて言葉、滅相も無い。太く短く生きた、それだけじゃないか。

「君からは本当に多くのことを学んでいるよ」とよく言ってくれたけど、おそらく僕が彼から学んだものの方が多いと思う。彼は本気で死に向き合っていたし、それでいて夫として、そして何より父として、最期まで己を貫いて生きていた。


「臓器移植を受けるべきか、本気で悩んでいた」と打ち明けられたことがある。

人様の命をいただいてまで、自分に生きる価値があるのか、と。

「でもね、あのとき移植したから、今こうやって君と会えているわけで」

長く生きることにどれほどの意味や価値があるのかどうか、僕には分からない。きっと、いつまでも分からないと思う。それでも、二〇一四年のクリスマスイブに彼が肺移植をしたことで、二年前の春に僕と彼は出会い、そして一緒に珈琲を飲みながら、生きることと死ぬことについて語り合えたのだ。事実として。

もう二度と味わうことのできない珈琲を思い出しながら、秋の虫の音が響き始めた公園を後にして、僕は家路につく。ポツリポツリと続く街灯に照らされては消え、また照らされては消えるように、彼との日々、その会話の断片が際限なく蘇ってくる。

将来の話、音楽の話、移植の話、それから珈琲の話。

少し苦い。それでも、深みがあって、後味はどこか爽やかでスッキリとしている。彼はそういう生き方をして、四十八歳でこの世を後にした。素敵な妻と、そっくりの息子と、それから一抹の珈琲の香りを残して。

そしてまた季節は巡る。

追いていかれぬよう、僕は少し足を早める。

二度と戻らぬあの日と、あの日の君に捧ぐ

2019.5.8

君は遅れてやって来た。

社用車のトヨタ・アクアを実にスムーズなバックで壁ギリギリに停めると、「ごめんな、仕事が」と謝った。それから君は「懐かしいな」と呟いた。

「いらっしゃい、みんなもう書き終わったで」、僕はそう言って庭先の門扉を開け、彼を我が家に招き入れた。「二階上がって」

ようやく幼馴染の五人が揃った。昔は毎日嫌という程遊んだけれど、こうやって集まることも最近は滅多にない。二階に上がって自分の部屋に戻ると、僕が棚の隅に隠している卒業アルバムを誰かが勝手に引っ張り出し、先に来た三人で寄って集って見ているところだった。十年前の僕達が映っていた。

少しずつ別の道を歩み始めた僕達は、もうとっくの昔に成人して、名実共に本当に大人になってしまった。それでもこうして昔と同じように笑い合えるのが嬉しかった。

「ここにメッセージ書いて」

僕は君にそう言って二つ折りのカラフルな色紙と、そこに貼るメッセージ用のシールを渡した。

「すげぇ、これは絶対あいつ喜ぶわ」

君はとても楽しそうだった。

幼馴染が結婚するというのは、僕達にとって初めてのことだったし、先を越された悔しさも少しはあったけれど、そんなものどうでもよくなるくらい嬉しかった。

「まじであいつがいちばんに結婚するとはなぁ、意味分からんやろ、あんな雑な女が」

君はおそらくこの五人の中では彼女をいちばん近くで見てきただろうし、きっといちばん驚いたに違いない。

〝結婚おめでとう！
俺の方が絶対早い思ってたのに負けたわ（笑）
東京に行っても私たちの事は忘れないでください（泣）〟
君は茶目っ気たっぷりにそう書くと、いつものようにニヤニヤと笑った。ホストみたいな髪型で、良く言えばイケメン、悪く言えば遊び人のようなルックスをしているが、根はめちゃくちゃ良い奴だ。もう十五年の付き合いになる。

ほどなくして母親が帰ってきた。パン屋に行ったついでに、美味しいプリンを買ってきてくれたらしい。

「ケーキの方が良かったかなと思ったんやけど、一人ひとつずつこっちの方がいいかなって」

「ケーキはやり過ぎや」

僕は箱を抱えて二階に持って上がり、それをみんなで食べた。

昔話に花が咲いた。

君との出会いは小一だった。クラスが同じだった。君は当時からイケメンで、クラスの人気者だった。サッカーが上手かった。君との想い出を数えるのには無理がある。数百か数千か、もちろん数え切れるのだろうけど、それまでに僕は苦しくなってしまうと思う。

楽しい日々だったから。

放課後よく一緒に遊んだ。ドロジュンやキックベースが流行の最先端だった。学童の先生を落とし穴にはめては逃げた。君はとても運動神経が良かった。二物を与えられていた。

週末になると、自転車で走り回った。十年前、この地域はまだ田んぼばかりだった。神社を走り回ったり、怖い人の家にボールを入れたりして一緒に怒られた。

君はいつもカッコツケだった。髪の毛を触られることは絶対に許せない人だった。そのくせシャイだった。人見知りで、よく声が小さくなった。恥ずかしさを隠すようにいつも君はニヤニヤと笑った。


ほどなくして僕達は一度解散し、夜の結婚式に向けて着替えることにした。正確に言えば結婚式の二次会だ。

「二十一でハワイで挙式して京都で二次会とか何者やねんあいつ」

君はニヤニヤ呟いた。

僕達はこの意見で一致していた。


夜、僕達は再び集合し、地下鉄に乗って会場へ向かった。

君以外の四人は全員待ち合わせに遅刻して、結局君を三十分も駅で待たせてしまった。それでも君は怒りさえせず、ニヤニヤしながら「おい～」と言うだけだった。

結婚式の二次会は素晴らしかった。結婚した彼女も僕達と幼馴染で、サプライズのメッセージをとても喜んでくれた。

みんなで写真を撮った。何枚も、何枚も。夜が更けるまで楽しんだ。


君は一通り楽しんで疲れたのか、外で一服していた。僕は君のところへ行った。

「この後みんなで飯食いに行こうや」

君は煙草をふかしながらそう言った。

「確かに、ちょっと足らへんかったよな」

「どこ行く？　ラーメン？」

「すがりはどう？　もしくはたか松」

「すがり、もう営業時間終わるわ」

「じゃあたか松にしよ」


結婚ホヤホヤの彼女はこのあとも用事があるそうで、彼女抜きで僕達幼馴染は、ほろ酔いのまま雨の四条通りを歩いた。たか松でつけ麺を頼み、秒で平らげ、それからカラオケに行った。今思い返せば、それも君の提案だった。君の歌はやはり上手かった。僕の知らないＶ系バンドの曲だったけれど、好きになりそうだった。

また会おうと約束し、僕ともう一人は明日の朝が早いからと先に帰った。また入院することになると告げると、君は「大丈夫や」と言ってくれた。

「退院したら、夏みんなで会おう」

二〇一九年三月三十日。

結局、それが君と最後に会った日になった。

もしそれが最後になるのなら、僕は先に帰るどころか彼を引き止めて離さなかったし、カラオケの延長料金を全額負担しただろうし、夜が明けるまで何時間も話し込んでいただろう。あるいはそのまま、もう飲酒運転なんか構わずドライブに行ったかもしれない。遠く遠く、ずっと遠くまで。

しかしそれが最後だなんて誰も教えてくれなかったのだ。

誰も。

本当に、誰も。

＊＊＊

五月六日、GWの最終日は夕方から大雨が降った。季節外れの豪雨だった。

僕は幼馴染の一人と一緒にいた。

室内でノートパソコンの画面を睨みながら作業をしていると、左端のバナーにメッセージの通知が見えた。

別の幼馴染からだった。


君の訃報だった。


背後から刺されたような電撃が脳天を撃った。

豪雨は窓を叩き続けた。

僕は部屋で他の作業をしていた幼馴染を呼び、何を話せば良いか分からず画面を見せた。

「なんで……」

そう呟いて、彼は項垂《うなだ》れた。

僕はノートパソコンを静かに閉じた。

強い雨の音だけが室内に響いていた。

死んだ？

あいつが？


理解しようにも、脳は上の空で空転するばかりだった。

それがドッキリか何かでないのならば、説明のしようがなかったのだ。


スマホにメッセージが届く。

通夜と告別式の場所、そして日時。

死んだんだ。

これは本当に起こっているんだ。

僕の心は激しく壊された。

悲しいとか辛いとか悔しいとか寂しいとかいう型にはまった感情によるものではなく、幼い子が困惑したときに流す、そういう種類の涙が溢れてきた。


僕達は、会えばいつだって小学生みたいに笑い合った。酒を飲むようになっても中学生みたいな下ネタを飛ばしあった。

いつでもあの日に戻れた。

でも、もうそうじゃないらしい。

その日は訪れたのだ。あまりにも突然に。


下ネタを言ったってニヤニヤ笑ってくれる君はもういない。

イケメンで、運動神経が良くて、カッコツケで、そのくせシャイな君は、もういない。

涙が頬を伝う。僕は唇を嚙み締めた。雨は哀しみを流してなどくれない。

僕達はずっと黙ったままだった。何もできず、何も話せず、ただ明日と明後日が晴れ渡るよう、静かに祈り続けた。

＊＊＊

夕刻、僕は君のお通夜に向かった。

昨夜の雨が嘘のように晴れていた。

会場は満席だった。たくさんの友人達が詰め掛けていた。係の人に式場が一杯で入れないと言われ、僕は少し笑った。

君はなんて言うだろう。

「時間ギリギリに来るからやぞ、何分待たせるねん」だろうか。

「俺人気者やしな、すまんな」だろうか。

いや、どれでもない。

多分ニヤニヤ笑うだけだ。君はシャイだから、こんなに囲まれて恥ずかしがっているだろう。

一階で待つように言われ、ロビーで待った。読経の声だけが響いてきた。ほどなくして係の人が焼香のために呼びに来た。

ようやく会場に入ると、君のキメた写真が中央に飾られ、綺麗な花々で縁取られていた。僕はその遺影をあまり見ないようにして、長々と手を合わせ、焼香を済ませた。

通夜が終わると、御親族が棺を開けてくれた。

みんな棺の周りに集まった。棺は、君の好きだったV系バンドのグッズや、煙草や、想い出の品々でいっぱいになっていた。僕も棺のもとへ行こうとした。しかしどういうわけか足が前に出なかった。大きく息を吸い、それから時間をかけて吐いた。君の顔を見るには準備が必要だった。

泣いてはいけない気がした。心を無にして、君に会おう。

棺の周りで啜《すす》り泣く人々の間に入る。君の顔が見える。とても白く、そしてとても美しい。

しかし僕の知っている君ではなかった。いつもニヤニヤしていた君は、白い棺の中で静かに
目を閉じて澄ましていた。僕は泣かなかった。

「こんなに集まってもらったねぇ、良かったねぇ」

君の父親は腫れた目でそう君に語りかけていた。

「親バカかもしれんけど、こいつホンマに誇りの息子です、幸せ者の息子です、嬉しい嬉しい
って言うてます、皆さんありがとうございます、触ってやってください」

「髪の毛触ってやろうぜ」

幼馴染のひとりが呟いた。

「絶対怒るやんあいつ」

僕は君が今にも「やめろって」と言いそうな気がしてならなかった。

恐る恐る手を伸ばす。

いつもニヤニヤと笑ってくれた、その白く美しい頬に、触れる。

不気味なほど冷たかった。

僕は驚いて、すぐに手を引いた。

そのまま二歩三歩後ずさりした。

涙が溢れ出した。止まらなかった。

まるで雪の中に忘れ去られた方解石のように、君は果てしなく透き通って、どこまでも冷たかった。

いつも笑ってくれた君は、確かに目の前にいるけれど、もうこの世にはいないのだと、そのときはっきりと悟った。


本当に、本当に、行ってしまったのだ。

決して手の届かない、遠いところまで。


僕達は、会えばいつだってあの頃のままだった。お互いを名前で呼び合い、オブラートに包むことなく言いたいことを言い合い、そして心の底から笑い合った。酒を飲み、バイトや仕事や試験の愚痴を言い合い、大声で歌を歌った。

下ネタで笑い合った。二十一歳の春まで。

そんな君との日々は、もう永遠に訪れない。

君は僕の入院のことを気にかけてくれたのに、僕は君の身体が弱いことを知らなかった。君は幼馴染の誰にも相談していなかった。やっぱり最後までカッコツケだった。

サヨナラ。

僕はもう一度君に触れた。
明日から兵庫で入院するよ、移植してくるよ、生きて帰ってくるよ、と泣きながら心の中で呟いた。

君は今にも目を覚ましそうだった。
僕は、決してそんなことは起きないのだろうけど、それでも君が「大丈夫や」と言ってニヤニヤ笑ってくれる気がして、ずっと見つめ続けていた。

「大丈夫やぞ！　しっかりしろ！」と言ってほしかった。
「俺の分までお前は生きるんやぞ！」と叱ってほしかった。
「泣くなんてみっともないぞ！」とニヤニヤ笑ってほしかった。

生きていてほしかった。

しかし、いつまで見つめても君は白く美しく、安らかに安らかに、気持ち良さそうに眠ったままだった。遺影だけがあの日のまま静かに微笑んでいた。

そして君は今朝、僕の入院と同じくして、澄み渡る空のもと天高く昇って行ったのだった。

病室から覗く五月晴れの中で君が笑っている気がして、僕はいつまでも空を眺めていた。

震えるサイン

兵庫での入院を決めたのは、
自血病再発の可能性が見受けられたからだった。
ドナー由来の造血幹細胞が減少し、
自分由来のそれが増加していたのだ。
再移植が決定的となり、
主治医は僕に新たな移植方法を勧めた。
それは兵庫の病院への転院が必要な選択肢だった。
これは、その転院と、治療に同意するまでの
苦悩を綴ったものである。

5

ライス or ナン？

2019.2.28

小さくクシャミをする。この世の全てが寝静まる冬の早暁《そうぎょう》、空はほんのり青い、微かに粉雪が舞う。

缶珈琲片手に震えるようにして吐く息は白い。溜息をついても美しいのは皮肉なものである。掌《てのひら》に降り落ちた雪を包むと、間も無くほどけて肌の一部になった。まるで冷たく降り注いだ哀しみだ。この哀しみは、自身の体温を犠牲にすることでしか溶かせないのだ。罪悪かもしれないし、不徳かもしれない。失態、鬱屈、堕落、あるいは病と死。何もかもだ。ただ、すぐに溶けてくれない、その点雪と異なる。長く掌の上に居座られてしまう。無色透明になって吸収されるまで、少し時間が必要になる。

車に向かう。フロントウインドウが凍っているのを見て、しまった、と思う。前が見えないとお先真っ暗です。「お湯かける？」と母親が出てくる。それは絶対ダメ。温度差に弱いよね、ガラスと人間関係。

エアコンとデフロスターを最大にして、スマホで時間を見る。遅れるかもしれない、大学アドレスにメールが一件届いている。

「卒論発表、朝早いですけど無理せず聴講してくださいね。体調には気を付けてくださいね」、S准教授はいつも優しい。ほどなくして氷は溶けた。前が見える。


朝の9号線を西に走りながら、生きることについて考えていた。そのうち、いくつかの断片的な思考が反対車線の前方からやってきて、僕の車をかすめながら後ろの方へ消えていった。追えば良かったかもしれないが、僕は今時間ギリギリで桂キャンパスに向かっているのだ、と思い引き止めなかった。


何を考えていたのだろう。

あまり覚えていない。この先十年の生き方について考えていたかもしれない。幼い頃、クレヨンで描いた〝将来〟と呼ばれる時間が刻々と形になる、それも「クレヨンのデッサンで止まったまま」形になろうとする不安が、僕をそうさせたのだ。

誰しも人生を持っているが、それぞれの人生は一通りにしか歩めない。択一の連続だ。能動的な択一もあれば受動的な択一もあるだろう。結果はひとつに絞られる。人生における転機は、だいたい後者だ。受け入れざるを得ないという経験が、人間を強くする。

ところで、理想的な選択は存在するのだろうか。正しい選択肢が何であるかを知らぬまま僕達はひとつを選ばねばならない。「挑戦者、思い切ってAへ走って行った！ しかし不正解！ 池へダ〜イブ!!」そんな単純明快さを求めても仕方ない。実際のところAの先にもBの先にも池はないのだ。あるのは広大な砂漠。AとB、出る方角が違うだけ。どの道なら生きていけるだろうか、誰も教えてはくれない。全て自己責任の選択だ。そして選択のたび僕達は何かを捨てなければならないのである。ライスかナン、ドッチニシマスカ？

二十代、誰しもが葛藤の中をもがきながら生きていて、これまで歩んできた履歴の上に誤字脱字を見つけては修正液の使えぬことを知る。致し方なく二重線を引いて訂正印を押す。「私は人生のここの部分でこう選択すべきはずのところをこういう風に間違えましたよ」と示さなければならない。なぜなら「一般解」が存在するからだ。学校にきちんと行くこと。無病息災であること。勤労の義務を果たすこと。挙げればきりがない。そんなとき色んなものが邪魔をするのだ。プライド、金、偏見、恐怖。

ところで履歴書を見るのは一体どこの誰なのだろう？　書類を美辞麗句で埋めるべく僕達は生きているのだろうか？

人生にはある種の休憩時間と休憩所が必要なのだろうと思っている。ところが、社会は休息に理由を求めようとする。なんで会社休むの？　なんで留年したの？「休学には学科長の承認が必要です」。

先日、首の皮一枚で進級した。留年したら何をしようかと悩んでいた。事務にまで相談に行き、宥《なだ》められた。

ただ最近になって、はたと気付かされたのは、僕自身は有給を消化しきれない側の人間であるということだ。休みの取り方を知らない。とはいえ毎日完全であるわけもない。三割五分の力で三六五日休まず、ダラダラと過ごしている。ナンが良かったのかな、ライスにしたら後悔してたかな、と生産性のないことを永遠と考えている。インフォームドがいくらあったって、コンセントは択一だ。

〝わたしがインフォームできるのはこれが全てです。コンセントは委ねます。ライスかナン、ドッチニシマスカ？〟

＊　＊　＊

一月と二月の二回、地元新聞の朝刊第一面に掲載していただいた。本ブログと闘病記については何度も読み込んでいただき、取材も丁寧にしていただいたこともあって、少し恥ずかしくもありながら良い記事に仕上げてもらった。ありがたい経験だった。

前者は後日デジタル化され、ネットニュースになった。「がんになってよかった」のタイトル。コメント欄が荒れるのは無理もなかった。

［癌になって良いはずがないだろう］
［強がりだ］
［それは生きているから言えることだ］
［私の母は死にました］
［癌になって良かったですね］

考えぬ葦《あし》の戯言《たわごと》だ、お前もいつか死ぬぞ、と思いながらひとつひとつスクリーンショットを

撮った。数週間後、その記事は消えた。

悶々としていた。僕はナンを食べてナンのレビューをしただけだ。何が悪い？　カレーはライスで食べるものだ、手で食う奴は汚い、そう言いたいのだろうか？「逸脱したもの」を排他する風潮、きっと彼らは自分の信じるレールが常に正しいと思い込んで言うのだろう。「留年は怠惰」「離職は甘え」「病気は悪」、じゃあお前は一体何者なんだ？　何に挑戦したんだ？　ずっとライスばかり食いやがって。ナンの味知らねぇだろ。難の味。ナンセンス。

入院中に仲良くなった白血病患者仲間からメッセージが届いていた。彼はひとつ年上で、名古屋大学の工学部だった。

「明日一時退院して、卒論発表やってきます」

凄まじい精神力だと思った。

そしてそれは、僕にとっての後押しになった。もう一度、そういう時期が訪れるのだ。予言ではなく、現実として。

〝つまりあなたは今、血液がドナー／レシピエントのキメリズムを呈し、一年以内に再発する可能性が極めて高いわけです。わたしがインフォームできるのはこれが全てです。コンセントは委ねます。ライスかナン、ドッチニシマスカ？〟

高揚と不安、期待と恐れ、感情の入り混じったサラダボウルをぐるぐると掻き混ぜては何の生産性もないことを思う。ライスを選ぶことだって可能だ。しかし一年以内に死ぬ。間違いなく死ぬ。


研究室訪問のひとコマを思い出す。

「君、教授の前やし、さすがに帽子はとろうか」

「すみません、被っててもいいですか」

「どうして？」

「すみません」

病だけはいつまでも執拗に付きまとうのだ。それでも僕は「がんになって良かった」と言い続けられるのだろうか、分からない。指摘は正しかったのかもしれない。死を前にすればどんな言葉も無力だ。僕自身がいちばんそれを知っている。

院試、研究、バイト、就活、病、生。何かを取るのであれば何かを捨てなければならない。

人生は択一の連続、答えは誰も教えてくれない。

「大学院入試？　そんなものは聞きたくないです。私はあなたの命のことだけを考えます。私の使命は紹介元の病院に、そして親御さんの元にあなたを生きて返すこと、ただそれだけです」

この人なら大丈夫だ。
何か僕にそう強く思わせる光を感じた。
直感を信じて踏み出す。

震えるサイン、震えぬ芯

2019.6.3

今日ばかりはゆったりとした時間が流れているというのに、僕は少し疲れていた。白く堅いパラマウントベッドに横たわったまま、静かに、静かに目を閉じる。これまでの過去と、これからの未来を想う。瞼《まぶた》の内側で涙が溢れる。シーツに零《こぼ》さぬよう、強く瞑る。


血が注がれている。赤い血であり、僕の命でもある。

これでいいのだ、そう確信している。この決断で、いい。


デイ・ゼロ。

医療の世界は今日をそう呼ぶ。全てがゼロになる日である。原点であり、誕生であり、そして再出発点でもある。

一体僕はあとどれくらい生きられるのだろう?

＊＊＊

生きるか、死ぬか。

この世で最も究極とも言える、そんな二択を迫られるなんてこと、無い人生の方がいいに決まっているじゃないか。

僕だって毎日を全く穏やかに生きたかった。二十一歳の京大生として、何の変哲もない、代わり映えのしない日々を送りたかったのだ。何も起こらぬ平々凡々とした日常がどれほど幸福な生であるか、あなたはきっと知らないだろう。

「生きますか、死にますか」

もちろん僕は前者を選択する。ひとりの人間として、そして何より白血病患者として。治療同意書に署名し、捺印する。それが半ばルーチンワークと化している。僕は何人もの血によって生かされている人間であるのだ。多くの人々の想いを乗せて、この胸でひとつの小さな心臓が動いている。こんなところで死ぬわけにはいかない。

昨夏、急性白血病を宣告された。青天の霹靂《へきれき》であったが、病は既に深く巣くっていた。身体中の骨髄をがん細胞が蝕み、血はもはやただの有害な赤い液と化していたのだ。つまり僕の造血器は生きるべき本来の機能を完全に喪失していたのである。

ひとりで宣告を受けた僕は絶句し、そのままトイレまで逃げて壁を殴って泣き続けた。ゲリラ豪雨は僕の真上だけに激しく降り注いだのだ。僕はもうここで息絶えて死んでしまうのだ、何もかも全てこれで終わりなのだ、と思うと嗚咽が止まることはなかった。

それからの日々、大量の抗がん剤と放射線、あるいは輸血と栄養剤、まるで一歩たりとも引かれぬ鍔迫《つばぜ》り合いのごとき治療が数ヶ月続いた。身をよじるほどの激痛が先の長くないことを物語っていた。苦痛を癒してくれるのは二十四時間連続投与されるモルヒネだけで、果てしなく厳しい治療はがん細胞もろとも心身を傷つけ、副作用的兵糧《ひょうろう》攻《ぜ》めを受けた身体は絞り切った雑巾になった。

それでも僕は治療を進めるべく同意書への署名捺印を続けた。そこにだけは迷いのようなものがなかった。

生きたかったからだ。何としても。

それは現代医療と医療者への全幅の信頼の証しであるばかりでなく、生きることへの執念そのものだった。

夏の終わりにはドナーが見つかった。救世主であった。祈りは通じ、生きるチャンスを確かに与えられたのだ。

「神はまだ僕を見捨ててはいない」、はっきりそう悟った。

やはり迷うことなく署名捺印し、そうして十月に骨髄移植を行った。これによって僕の体内はドナーさんの健全な血液で満たされ、首の皮一枚のところで奇跡的に命を取り留めた。後は順調に進む経過を見守るだけでいいのだ。こうして長い長い闘いにもようやく終止符が打たれるはずであった。


……はずであった。


平成を死に物狂いで生き抜いた暁には、令和と呼ばれる住みよい時代が僕にも訪れるだろうと思っていた。気淑《よ》く風和《やわ》らぐ、そんな平穏を願ってやまなかったが、その想いも虚しかった。また前途多難な日々が幕開けることを、僕は俄《にわか》に知らされたのだ。

移植後の経過が上手くいかなかったと告げられたとき、いよいよ背水の陣は崖下へと崩れ去った。僕は遂に奈落の底へと落とされたのだ。そこは谷であると同時に闇であり、死でもあった。まもなく殺されたはずの異常細胞が復活し、移植されてきたドナーの細胞を追い出しはじめた。

検査のたびに、健全なドナーの細胞割合が減っていったのである。3……2……1、ゼロ。万事休して、もはや希望は絶たれた。

「末梢血細胞の94%に染色体異常が見られます」

どうして。心の奥底から悲鳴だけが木霊《こだま》していた。生きたい、生きたい、生きたい。僕は土下座しながら、藁でもいいから落としてくださいと、そう必死の形相で叫んでいたのだ。神に、主治医に、ドナーに、献血者に、家族に、そして自分自身に。

「僕はこんなところで死にたくないんです、まだどうしても死ねないんです。二十一年しか生きてないんです。お願いですから助けてください」

しかし返事はなかった。僕の声は薄暗く湿った谷間の底の岩壁に、虚しくも反響するばかりであった。

終焉。

そんな言葉が脳裏をよぎっては、幼き日々がポツリ、ポツリと想い起こされるのであった。まるで走馬灯のごとく浮かんでは消える情景。それは大方、懐かしき夏の日であった。

小学生の僕は夏休みに入ると、朝から近所の公園でラジオ体操をし、皆勤賞で三ツ矢サイダーを貰った。午後は開放されている小学校のプールで友達と遊び、朝顔の自由研究と図工の課題を母親に手伝ってもらった。スイカをほおばり、夜はＢＢＱの後に花火をした。５００円玉を一枚だけ握りしめて神社のお祭りにも行った。

中高の部活は陸上部だった。やはり夏休みは毎日のように走り込んだ。練習が終わると頭から思いっきり水を被り、チームメイトと談笑しながら帰宅した。インハイ予選で散った日は眠れなかった。

そういえば高三の夏は大学受験に追われていた。朝から晩まで、毎日十時間は机に向かった。赤本と黒本を何冊も持ち歩き、肩を壊した。夏期講習を終えてから友人達と食べるラーメンは至高だった。

死ぬことを知らぬ日々であった。

そんな体力、今どこにあろうか。

輝いたあの夏が、アスファルトに浮かぶ逃げ水のように煌いて瞼《まぶた》の裏に揺らめく。僕はその影ひとつひとつが、どこを切り取っても幻であったのではないかと思い始めた。

いや、きっと幻を見ていたのだ。

終わりなんだ。

サヨナラ。

短いけど結構いい人生だったんじゃない?

そうだよ、幸せだったよ、本当に。

就職も結婚もしたかったけど、子供とお酒片手に語り明かしたり孫を抱きしめたりもしたかったけど、それはちょっと欲張り過ぎかなぁ。


せめて最期の日は晴れてるといいなぁ。神様それぐらい叶えてね。静かな朝がいいです。


半ば自分に諦めるように、言い聞かせるようにして呟く。

誰も悪くないさ。

この美しい世界に生きられてよかった。

楽しかったよ、二十一年間……

＊＊＊

微かな返事が聴こえる。

想いが届いたのだろうか。

ある日、天から二本の藁《わら》が舞い降りたのである。

主治医は僕を呼んだ。


そこでは、ある条件付きの選択肢が提示された。それは紛れもなく最後の選択肢であった。しかし同時に、風前に揺らぐ命にとっては苦難そのものでもあった。というのも、もはや生きるか死ぬかという二元化された選択の域ではなかったのだ。

生きることへの執念から臆さず前者にサインしてきた僕は怯《ひる》んで後退りした。ここに来て戸惑い、狼狽し、そして葛藤した。

これまで、治療から逃げてきたことは一瞬たりともなかった。それは治療を受けることそのものが生きることだと考えてきたからであり、生きたいという強い意志だけがそうさせていた。力強く署名し捺印することで、僕は生きてきたのだ。

しかしながら、舞い降りた藁は次のような二本であった。


死ぬかもしれないAと、死ぬかもしれないB

「目下これ以外の選択肢はない」

主治医の目は真っ直ぐに僕を見据えていた。火の手が差し迫った僕に残された選択肢は、来るとも分からぬ消防隊を待つか、ここで火の海を渡るか、そのどちらかだということだった。そしてそのどちらも死ぬかもしれないというものだった。

「君の血は、現状このまま放っておけば確実にがん化する。つまり再発だ。しかし君は既に厳しい治療を受けているから、まもなく体力的な限界値を迎えるだろう。確かに白血病に関する研究は日進月歩であるし、新しい治療法を待つというのもひとつの手段だが、病魔に追いつかれたらおしまいだ。これが選択肢Ａだ」

僕は黙って頷いた。主治医は続けた。

「しかし、いま特殊な方法で移植を行えば、君を救えるかもしれない。ただしそれは、この上なく厳しい闘いになる。覚悟が必要だ。これが選択肢Ｂ、ハプロ移植だ」

光が見えた、最後の希望なのだと思った。神の思し召しであった。

「それでもやります」と僕は言おうとした。もう逡巡の余地などなかった。

ところが、主治医は遮《さえぎ》った。

「ハプロ移植はこの病院では行えない。君は地元を離れる必要があるし、これからの人生では食事を大きく制限されることになる。その上、親御さんが血液ドナーになる特殊な治療だから、親御さんに入院してもらう必要だってある。それから……」

主治医は大きく息を吸って、ゆっくりと吐いた。

「この厳しい治療が結果的に君の寿命を限りなく縮めてしまうということは十分にあり得る。成功率すなわち5年生存率は3割から4割だ。失敗したときは緩和ケアに移行する」

僕は言葉を失った。診察室の中でただ茫然と、時間を止められた骨董品の置物のように、丸椅子の上で身動きひとつできなかった。

その夜、僕は自室で泣いた。

死から逃げるために、死の胸元へ飛び込まねばならないという矛盾が、そして理不尽が、僕を激しく混乱させていた。

「君の寿命を限りなく縮めてしまうかもしれない」

その一言が僕の頭の中で高速の螺旋を描くたび、地鳴りのような動悸がした。


死んでしまうかもしれない。

無論ハプロ移植を選択しなければ、来夏には死んでいるのだ、きっと。「一年は持たない」、主治医はあの場でそう言い切った。

しかしハプロ移植を選択したとして、どうだ。実際のところ生き延びる保証はどこにもないし、何ならこの夏にだって死んでしまうかもしれないのだ。


それでも決断しなければならなかった。いつだって与えられるのは選択肢のみだ。それも、決して安直に方針転換できる類の選択肢ではないのだ。命を賭《と》した選択なのだ。ミスなんて許されたもんじゃない。そして運命を決めるのは他の誰でもない、自分だ。


僕の人生だ。僕以外の誰にも決めることはできない。

神にだって、主治医にだって、誰にだって決められないのだ。

逃げるな、と自分に言い聞かせる。
雨ふらば降れ、風ふかば吹け——。

＊＊＊

瞼の内側で涙が溢れる。シーツに零《こぼ》さぬよう、強く瞑る。
これまでの過去と、これからの未来を想う。今ここに強く強く生きている、その実感を噛みしめる。

血が注がれている。赤い血であり、僕の命でもある。
これでいいのだ、そう確信している。この決断で、いい。

やるしかなかったのだ、生き延びるために。燃え盛る火の海へ、この身ひとつで飛び込むことを選んだのだ。後悔などあろうか、たとえそれが僕の寿命を早める結末になろうとも。燎《りょう》原《げん》の火に四方八方を囲まれたなら潔く灰になってやろう。

新天地に赴き、新しい主治医と出会った。

「君のことを生きて親元に返す、それが私の使命です」

主治医はそう力強く言い放ってくれた。


治療の説明を受けた。どれほど過酷な闘いになるのかということについて、延々と説明を受けた。丸椅子に座る僕は、もうたじろぎはしなかった。両親が横で静かに頷いていた。


最後に、一枚の紙を手渡された。

同意書であった。

僕はボールペンを取り、右手に全霊の念を込めて、二十一年前に親から授かった自分の名を書き上げた。一息に書き上げた。それから印鑑を朱肉に付け、紙の真上からぐっと押した。

手が震えていた。しかしながら、それは戦々兢《きょうきょう》々とした震えではなかった。決死の覚悟で戦地へ赴くサムライの、乾坤一擲《けんこんいってき》の精神たる武者震いであった。

もはや心の芯が揺れることは微塵もなかった。

そして今日、令和元年六月三日、戦の火蓋が切って落とされた。

点滴棒に吊られた血液バッグに入っているのは、ドナーになってくれた母親の血である。それがチューブを通して、じわり僕の身体の中へ注がれるのだ。

デイ・ゼロ。

僕もまた今日をそう呼ぶ。原点であり、誕生であり、そして再出発点である。

きっとうまくいく。


温かくて、優しい血だ。

無菌室の窓から覗く空はどこまでも蒼く透き通っている。ため息の出るほど心地の良い碧空が、新天地の遥か彼方まで広がっている。まもなく二十二度目の夏が訪れようとしているのだ。天下分け目の夏の陣である。おそらく、最も長い夏になる。


一滴、また一滴と注がれる血を見つめる。ふと、僕は一九九七年の夏に想いを馳せた。母親の胎内で、臍《へそ》の緒《お》を通して、まだこの世に生を受けていない僕に注がれる血液のことを想う。

——やはり温かくて、優しい血だ。

僕が生きてきた二十一年と八ヶ月は、幻なんかじゃない。

何となく、ただ何の根拠もなくそう思った。そう思わざるを得なかった。あの夏の日はまた僕に訪れる。きっと訪れる。

そうだ。

間違ってない。

この決断は、絶対に間違ってなんかいない。

何が終焉だ。

サヨナラには、まだ早い。

生きろ、生きるんだ。

ハプロ移植は成功したかのように見えた。

しかし退院後しばらくして、

僕は重篤な肺炎になった。

酸素マスクをつけられ、

もう長くは生きられないことを悟った。

そして、さらに追い討ちをかけるように

悪夢が待っていた。

恥ヲ知レ！

2020.3.6

限りなく低い、まさに天文学的な確率ではあるけれど、〝理論上〟何とか起こりうる事象というものが、驚くなかれ、この世には確かに存在している。ある要因によって偶然引き起こされ、しかし起こってしまえばそれが喜劇であろうと悲劇であろうと、まさにそれ以外起こり得ることはありませんでしたよ、とでも言いたげな必然の顔をして横たわるのである。

そんな、俄《にわか》には信じがたい不運や奇跡が起こると、人間はいかにしてそれが生じたのか、その原因の所在を明らかにせしめようとするのだ。しかしながら結局、誰かを責め立てることも、あるいは誰かを讃《たた》え奉《たてまつ》ることもできず、困り果てた末に神の仕業へと仕立て上げるのである。

そしてここにもまた、神の仕業に左右された若者がいる。

ボーッと生きているので、叱られると思う。

＊＊＊

考えることはもうやめてしまった。

感じたものを言葉にするという行為は、レンズのｆ値を絞るも同然のことだった。僕にとって周りの世界は眩しすぎたのだ。

みんな死ぬことを知らない。遊んで、騒いで、必要最低限勉強して、好きなものを食べて、行きたいところへ行く。一方、僕はそういう世界に生きてはいなかった。ベッドとその周辺わずか４平米《へいべい》の暮らしである。遮《さえぎ》られたカーテンの向こう一寸先は闇どころか死であった。

病院とは、語弊を恐れずに言うなれば、「先の短い者たちが集められた死のシェアハウス」であるのだ。従って、元いた世界と繋がるためにはｆ値を絞って光量を減らしていかねばならなかった。それは今思えば、首を絞めていたのと同じかもしれない。確かに、そして残酷なことに、絞り切れば世界ははっきりと写ったのだ。

しかしその小さくなった光の穴から、一体どうやって息ができよう？

この世の全てがどうでもよくなっていた。そんなことがあるのかというが、あるのだ。経験した人間にしか分からないだろうが、それは希望ではないが絶望にもまた程遠く、まるでどこか遠い国の海岸沿いの美しい無人駅で、もう今日の列車は終了していて、ただただ夕陽が落ちていくのを見送ることしかできないような、そういう孤独と郷愁に満ち満ちた感覚であるのだ。苦しくはない、しかしどうしようもなく世界に置き去りにされて、ただ時間のみがゆっくりと過ぎていくのである。

そうして僕は気力を失った。

生きることを考えることすら、面白みの欠片《かけら》も感じられなくなったのだ。

母親をドナーとした移植は成功していた。しかし、その後に待っていたのはやはり激しい副作用だった。物を食べる気力さえ失い、筋肉は三割ほどなくなった。おかげで僕の体重は40キロ台にまで落ちた。僕は階段を一人で上がることができなくなった。起床でさえ可動式のベッドが必要だった。しかしステロイドのせいで脂肪は大量に付き、街を歩けば誰もが振り向くほど顔が浮腫《むく》んでいた。そして例の如く、髪の毛は一本も残さず抜け落ちた。三回目だった。

それでも僕は諦めなかった。命に比べれば、そんなもの惜しくも何ともなかった。そして移植から二ヶ月半後、僕はようやく退院することができた。もちろん退院したとはいえ、外出できるほどの体力はなく、家で大人しく過ごしていた。再び家族全員で食卓を囲める日々に、これ以上ない感謝をしながら生きるばかりであった。

しかしながら、そんな穏やかな生活も長くは続かなかった。

二十二歳を迎えんとするその直前、僕は入院を余儀なくされた。間質《かんしつ》性肺炎と呼ばれる、重度の肺炎だった。これは移植患者にはよくあるもので、移植されたドナー幹細胞由来の白血球が患者を敵であると認識し、攻撃するのだ。つまり、母の白血球が僕の肺を攻撃していたのである。もちろん、これを防ぐために白血球の働きを抑える薬を飲むが、そうすると今度は細菌さえも敵と見做《みな》さなくなるため、免疫がなくなって感染を起こしてしまうのである。このような板挟みの中で、血液疾患患者が死んでしまうのは珍しいことではなかった。そして誕生日の夜、僕の血中酸素飽和度はついに80%を切っていた。死が刻々と迫り、僕の背中を捉えようとしていた。

「ここまでか」

僕は最期を悟った。酸素の供給が減り、脳は正常に働かなくなっていた。ベッドから動くことさえ出来ず、僕は寝たきりで一日のほとんどの時間を過ごした。酸素マスクを装着し、酸素流量は毎分4リットルにも達していた。何より、母の細胞が僕のことを攻撃していることに、耐えられなかった。それだけは、ただそれだけは、死んでも死にきれないと思った。

＊＊＊

ステロイドの大量投与が功を奏したのは、それから一週間後だった。気付かぬうちに十一月が訪れていた。僕はなんとか歩行できるようになったが、やはり寝たきりの生活であることに変わりはなかった。無理をすれば歩けただろうが、もはやそれに意味があるのかどうかも分からなかった。何もかもがどうでも良くなっていたのだ。

十二月に入ると、酸素マスクも歩行時以外は外せるようになった。一定の回復を見せたことで、僕は年末に退院した。しかし、退院したということが嬉しくもなんともなかった。そのことはよく覚えている。おそらく、あらゆる感情を殺しながら生きていたのだ。そしてそれは、そうしたかったというよりも、そうせざるを得なかったのだ。喜ぶことが、いずれ訪れる悲しみを肥大化させてしまう、僕はそう思っていた。

結局のところ、その考えは正解であったのかもしれない。僕は退院の二週間後、再び病院送りとなった。肺炎の再燃だった。病はいつまでも執拗に僕を付き纏うのだ。

新しい主治医は、念仏を唱えるように同じことを日ごと繰り返し言うだけであった。

「今日の調子はどう……そうですか……はい……うまくいきませんねー……」

肺炎は治ったかのように見えて、静かに燻《くすぶ》って、その時を待っていたのだ。まるで大火災の後の焦げた柱の中に潜む種火《たねび》のように。そして消火を終えたとぬか喜びした人間が姿を消してから、再び焔《ほのお》となって辺りを焼き尽くし始めるかのように。人間の力は、いつだって自然界の猛威の前に無力だ。

しかしながら今度の肺炎は、データ上にのみ存在する非常に奇妙な肺炎だった。酸素飽和度は大抵90%台の半ばを行き来していて、ほとんど正常値に近かった。そして肺の影はそこまでひどいものではなく、実際のところ呼吸もさほど苦しい状態ではなかった。もちろん、肺炎では必ずと言っていいほどの発熱も見受けられなかった。ただ一つおかしい点があるとするのなら、体内の炎症反応を示すCRPという値のみが、正常値の十倍以上を示していたということだ。つまり、母からもらった白血球が、僕の体の中で何かと戦っているということだった。しかし、その「何か」というのが肺であるのかどうかさえも怪しかったのである。

できることといえば、その「どこかの火種」がそれ以上広がらぬように、手当たり次第に水を撒くほかなかったのだ。原因は誰にも分からず、主治医は抗生剤を取っ替え引っ替えし、その度に唸《うな》った。

「うーん……この原因は……日本の誰にも……分かりゃしないよ……」

そして僕は、そう言われるごとにバイト先である区役所に謝罪の電話を入れなければならなかった。

「すみません、年末には退院できると思うんですけれども……」

「あんな、君の穴を埋めるのにこっちかてみんな随分と迷惑してるんやから、ええ加減にしてや」

「はい、重々承知しております、申し訳ありません……」

得体の知れない炎症反応を、来る日も来る日も引きずった。もしもう少し時期が遅かったら、例の新型の肺炎を疑うくらいだったかもしれない。とにかく僕は、自分の体の中で起こっていることが誰にも分からないという状況に初めて直面し、不安という言葉では覆い切れないほどの爆弾を抱えながらベッドに横たわり続けていた。

しかし、状況は良くなるどころか、全くその逆を行くことになった。

女神の微笑む者には良い巡り合わせが立て続けに起こるように、窮地に陥った者には災禍が矢継ぎ早に訪れるというのもまた世の常であって、過《あやま》たず僕の身にも落雷したのだ。まさにそれ以外起こり得ることはありませんでしたよ、とでも言わんばかりに。


「XY染色体、すなわち君由来の染色体異常を持った細胞が、俄《にわか》に増加している」

主治医は、冷静にそう告げた。


「再発です」


唐突に発せられたその一言は、僕の鼓膜の手前で吸収されるのを嫌がるかのように、しばらく外耳の底に留まって震えるように木霊《こだま》していた。

再発。

それはいまこの世で最も聞きたくない二文字、そして僕の中からあらゆるエネルギーを奪ってしまう二文字であり、このときを境にして僕の中で何かが壊れてしまった。

神なんていない。

＊＊＊

暗がりの病室でイヤホンをして紅白を眺めるほど虚しいものはない。

時計はひっそりと針を進め、病室は誰にも祝われることなく静かに年を越した。

「僕が死ぬ年だ」

何を信じたら良いのか分からなかった。何も信じられなかった。

医者も、看護師も、治療も、親も、自分自身でさえも、この世界の何もかもがデタラメであるように思えてならなかった。この胸の拍動が、あと数ヶ月ほどで打ち止まってしまうのだと考えると、恐ろしさで震える一方で、そういうことが本当に起こるのだろうかと懐疑的な自分もいた。まるで大雨のなかで強い日差しが差し込んでいる、名前のない未曾有《みぞう》の天気のような気分だった。

どうして生きているのか、そしてなぜ死ななければいけないのかが全く分からなかったし、そもそもそういう疑問は意味すらも持ち合わせていなかった。

この日から、僕は薬を捨てた。

少しずつ、少しずつ、病室のごみ箱の中に、生きるための錠剤を投げ入れた。もうどうにでもなれば良かった。このときの感情については、これ以上詳しく書こうと思っても書けない。

副作用の恐ろしいステロイドも、免疫抑制剤も、バクタも、もう飲みたくなかった。


今思えば、自殺に等しかった。

十日ほどして、病院にバレた。もちろん面談になった。

親、主治医、副主治医、看護師長が無機質な面談室で静かに僕を待っていた。

「こういう行為によって治療方針に従えないのであれば他の病院へ行ってくれ、これは信頼関係の上での医療行為だ」と言われた。当然のことであった。


僕は言葉をひとつずつ絞り出すしかなかった。

もう本当に死ぬのではないか、そう怖くなって、炎症の原因も誰にも分からない治せない、その上、原病の白血病まで再発し、薬の副作用もひどく、治療も何もかも信じられなくなって、と言い切るか言い切らないかのうちに涙が溢れ出して、あとは言葉にならなかった。抑え込んでいたものが堰を切ったように、遠く遠く流れ出していった。

治療は続けることになった。僕の精神的な治療を含めて。

二時間の面談が終わったあと、震え続ける僕の肩を母は何も言わずにそっと抱いてくれた。

僕は母から造血幹細胞を移植してもらい、そしてそんな母の愛を裏切ったのだ。

まだ生きてもいいのだろうか。

＊＊＊

神は多少ツンデレのようなところがあって、神頼みばかりする人間は救おうとしないが、もう神など信じたくない、なんて言う人間を悪戯《いたずら》に救うのである。少なくとも僕はそういう神の存在を知っている。

鬱《うつ》症状は少しずつではあるものの改善されつつあった。抗鬱薬にはアルコールの比にならないほど元気の素が含まれているようだった。週に何度か臨床心理士も病室に来て話をしてくれた。そういう時間に僕は多少ながら救われていた。死にたいと想う気持ちも薄れていった。今となってはよく思い出せない。

結局、五度目か六度目かの抗生剤の変更がうまく作用したらしく、しばらくして、炎症値を示すCRPもある一定の範囲内で収まるようになった。

それでも、白血病が再々発したとなっては、三度目の骨髄移植は決定的であった。

これで本当に最後だ。失敗すれば本当に死ぬのだ。

その感覚は非常に気味の悪いもので、僕はまるでアウシュビッツのガス室行き列車に押し込まれたような絶望感に苛まれた。しかし牢《ろう》をこじ開けたところで高い塀の向こう側に辿り着くことが不可能であるのは、火を見るより明らかだった。

僕にできることは、治療を受けてその結果を受け入れること、ただそれだけであった。たとえそれが「死」であったとしても。どうやら僕は、必死に運命に抗《あらが》ってきたけれど、抗うことに精一杯で、運命そのものをひっくり返すことなど寸分たりともできなかったようだ。今回も、攻撃に耐えることばかりに意識が及び、そして気がつけば相手に王手を打たれていた。僕は玉将を下げることでしか戦いを続けられない。

ひとまず炎症は治まったので、まもなく退院することは可能だろう。しかしそれが最後の退院になるかもしれないのだ。詰み筋はもう、ある程度見えてしまっているのだから。

次の入院をもって生死が決まる。それまでの時間を僕はどうやって過ごせば良いのか分からなかった。僕がこの世でやったことなんて小さじ一杯にも満たず、一方でやり残した砂場の山はいくつもあった。それら全てに水をかけて潰していく作業は、僕をやるせない気持ちにさせた。

大学卒業、就職、結婚、親孝行、旅行、車、マイホーム……

オリンピック観たかったなぁ、と病床でスマホの当選画面を眺めていたら、消灯の時間が来て辺りは暗闇に飲まれた。

＊＊＊

退院の朝がきた。曇天の中に青い空が少しばかり覗いていた。それでも、心の中には少しの晴れ間もなかった。喜ぶことが、いずれ訪れる悲しみを肥大化させてしまうのだ、と僕は自身に言い聞かせた。闘病に終わりなどないのだから。次の入院で、僕は死んでしまうかもしれないのだから。

朝の回診が始まり、主治医がやってきた。

僕は起き上がり、口の開いたペットボトルの蓋を閉め、食べかけのパンと共に横へずらした。

退院の準備をしてくれていた母はゆっくりと振り向いて、手にしていた病着をそばに置いてからこちらへ歩いてきた。朝の病室のガサガサした音がさっと僕の耳元から消えて、しんと静かになった。それは穏やかな静けさではなく、緊迫した嵐の前の静けさのように感じられた。

主治医は、やけににこやかだった。それはいつも難しそうな顔をしているのを知っていることを差し引いた上でもなお、奇妙だと言えるほどだった。

彼は、一枚の紙を僕に差し出した。

それは退院許可書ではなかった。

また退院できなかったのだ、これだからぬか喜びしてはいけないのだ、と僕は項垂《うなだ》れた。

しかし予想に反して、主治医はこう言った。

「いつも悪いことばかりだから、今日は良い事を教えてあげよう」

僕は驚いて、まるで証書でも貰うかのように両手でそれを受け取った。そして、恐る恐る左上の端から目を通していった。いくつかの染色体検査写真と、その結果——いわゆるＦＩＳＨ検査と呼ばれるものだった。これを見せられるのは、二度目の再発を告げられた時以来だった。

しかしそんな紙切れ一枚が、たびたび僕の人生をいたずらに左右してきたのだ。初めてがんを告げられた時も、ボールペンで生存率を書かれた時も、白血病になった時も、本当に紙切れ一枚だった。そのたった一枚によって、僕は奈落の底へと突き落とされてきたのだ。

しかしながら、そこで突きつけられた結果は、限りなく低い、まさに天文学的な確率によって引き起こされたものだった。あり得ない、絶対にあり得ない、そう思って僕は主治医を見上げた。しかしやはり主治医は笑っていた。当然のように笑っていたのだ。紙切れの上には、奇跡のような数字が、確かに存在していた。

XX：100・0%
XY：0・0%

「XXが女性、母由来の正常造血幹細胞、XYが男性、君由来の異常造血幹細胞です」
僕はその主治医の言葉を何度も確認するように繰り返し、それから声にもならない吐息を漏らした。そして恐る恐る、か細い声で主治医に尋ねた。

「再発したがんが……消え……た⁇　ん、ですか？」

そういうことになるね、と主治医は神妙な面持ちで頷いた。

「そんなことが……そんなことが……」

天地が完全にひっくり返って重力が突然失われてしまったかのような浮遊感の中で、僕は一体何が起こってしまったのかまだ摑めずに、モノクロの紙をただただ黙って見つめていた。手が震えて、それから口元が震えた。その薄っぺらい一枚には、僕の命と同じくらいの重さが鉛直下向きにまっすぐかかっていたのだ。


「これは推論でしかないけれど、結果から察するに、おそらく肺炎で活性化したドナーのリンパ球が、肺炎の細菌と一緒に異常細胞を駆逐したんだろうね、そうとしか考えられないし、そうであるならば我々血液内科医からすれば納得できる結果です」

なるほど、頭では理解できる。確かに理論としては成り立つのだ、〝理論〟としては。

つまり肺炎の後に燻っていた柱の中の見えない火種が、今度は肺を焼き尽くすのではなく、僕のがん細胞を焼き尽くしてしまったのだ。すなわち長く続いていた炎症反応の原因は、僕の肺と母のリンパ球との戦いではなく、僕のがん細胞と母のリンパ球の戦いであったのだ。

でもこれは正式な治療では全くない。もし治療であったとしても、成功する確率が恐ろしく低く、間違いなく国内では承認されないレベルの治療だろう。しかし実際には、やはり重症肺炎の副産物としてとんでもない反応が起こり、天文学的な確率によって「がんが消えてしまった」のである。

「退院おめでとう」

そう言うと、主治医は看護師に合図して、退院許可書を書いて行ってしまった。

ふと我に返ると隣で母の目が潤んでいた。母もまた、息子を救うために自身を賭して移植に捧げた細胞が、意に反して息子を追い詰めていることに対して、苦しんでいたのだと思う。きっと見るに耐えなかったに違いない。

しかし実のところ、母の細胞は、僕のがんを殺してくれていたのだ。それも全て残らず。

僕は母に釣られて泣いてしまいそうになるのを、拳を握りしめてぐっと堪《こら》え、主治医の背中に深々と頭を下げた。愛というのは時に、神にまで届いて奇跡を起こすのだ。それがさも必然であるような顔をして。

心に少しだけ、晴れ間が覗いていた。たまには喜んでもいいのだと、そう自分に言い聞かせた。

病室を片付け、まだ重力が戻ってこないまま、僕は母と共に病院をあとにした。

＊＊＊

退院してからは大人しく過ごしている。

多くの友人から心配の連絡をもらうが、今のご時世、変な流行り物のせいで街中で会う気にもなれず、精神的な状態も手伝って返信できないでいた。

今日から返して行こうと思う。申し訳ない。心配して連絡をくれた友人達には本当に心の底から感謝している。返さなかったのではない、返せなかったのだ、だから許してほしい。

このところ皮膚の乾燥と顔の浮腫《むくみ》が著しい。これも会いたくないと思ってしまう原因のひとつだ。この前幼馴染に会ったら、「誰?」と言われてしまった。調子が悪い日は顔がパンパンに腫れ上がってお岩さんもビックリの面が仕上がっている。体力も途方もなく落ちてしまった。九年間陸上に青春を捧げたが、今は少しも走ることができない。

そして卒業論文を書けなかったので、自動的に留年もした。

学務に学生証の延長を申し出ると、四月一日以降にお願いしますと突っぱねられた。面倒なものだ。

バイトにも復帰した。

三月末までで辞めてくれと言われ、素直に従った。

病気になった自分が悪いのだ。休む可能性のある人間を採用するリスクはどんな企業であれ背負いたくはない。そのことはよく分かる。年度末の任期まで全うする、それだけだ。

区役所のバイトでは書類の届けを受ける。

死亡届を受理し、火葬許可証を書きながら、ふとここに自分の名前があったのではないかと、なんとも言いづらい不思議な気分になる。もしもあの奇跡が起こらなかったのなら、僕の名前もまた、ここに記されていたのだろう。

助かったことは手放しになんて喜べやしない。これまでもそうだったし、きっといつまでもそうだ。

この数年、僕は多くの友人を亡くした。

手元の年度火葬許可名簿の中にも思い出深い名前が刻まれている。どうして死ななければならなかったのだろう。先月は大事な大事な同じ年代の患者仲間を亡くした。悲しみに暮れた。

彼ら彼女らのことを想う。

生死の境の中でも明るく振る舞ってくれたあの人。突然逝ってしまった旧友。イケメンだったアイツ。お調子者だったクラスメイト。同じ病を共有した患者仲間たち。

みんな、会えなくなった。もっと会っておけば良かった。もっと生きたかったはずなのに。もっともっと生きたかったはずなのに。志半ばで、儚《はかな》くも美しく、散っていった。まるであの春の日の鴨川の桜のように。

どうして……。

そのときふと、自身の境遇をぐちぐち言う自分が、いかに愚かであるかを思い知らされた。僕はまるで何も分かっちゃいない。この世に生きているということが、どれほど素晴らしいかということについて、これだけの経験をしたのに、まだ何も分かっちゃいない。


後遺症がなんぼのもんじゃ！

留年がなんぼのもんじゃ！

バイト辞めるんがなんぼのもんじゃ！

生きとるんやから贅沢言うな！

そう自分に言い聞かせる。恥ヲ知レ!!!

僕はおそらく、とんでもない力によって生かされている。

理由は分からないが、とにかく〝生かされて〟いるのだ。

いかにしてがんが消えるなんていう奇跡が生じたのか、現代の人間が為《な》せる医学では、その原因なんて全く分からないのだ。〝理論上〟何とか起こり得るとはいえ、そんなことが天文学的確率で起こるなんて、一体誰が予想できただろう？　必然であれ偶然であれ、誰一人として企図《きと》せぬことが事実として起こるなんて、一体この世の何者に為せる業《わざ》なんだろう？

だから僕は、この一連の顚末を天に昇った亡き友らの仕業へと仕立て上げるのである。あいつらが、僕の守護神になって生かしてくれている。母の願いを、僕の叫びを、きっと聞いてくれていたのだ。そしてその奇跡を起こすために、ほんの少しばかり手を加えて、僕の運命を悪戯に狂わせてくれたのだ。そうに違いない。そう信じたとして、何が悪いのだろう？　それが間違っていたとして、そのことを誰が証明できるというのだろう？

神はいる。

この世で生きていた。ついこの間まで。

役所のシャッターを閉めるため外に出ると、強い風が吹いていた。追い風なのか向い風なのか、今は分からない。もしかするとそのどちらでもないのかもしれない。そもそも風に意味なんてない。こじつけもいいところだ。

けれどもひとつだけ、たったひとつだけ、この風が確実に教えてくれていることがある。

そう。

まもなく、春がやってくる。

「生存者バイアス」という言葉がある。何らかの選択過程において、それを通過できた人ないし事物のみ基準にし、脱落・淘汰されたそれ以外の存在を考慮せずに偏った判断をしてしまうことである。簡潔に言えば、生存した者の意見だけを取り入れてしまうことである。

がんという選択過程を生き残った者は「サバイバー」と呼ばれる。僕もその一人になろうとしている。一方で我が国では、この定義を用いるならば、毎年約四十万人が「選択過程において淘汰」されているのだ。僕の患者仲間たちも多くがこの世を去った。

本書を刊行するにあたって、僕自身の意見がバイアスのかかったものではないのかということについて、幾度も幾度も深く考えた。「がんになって良かったと言いたい」のは、生存者であるからそう思うのではないのか、と。

果たして、その答えは未だに僕の手元には無い。おそらくそう簡単に見つかるものではなくて、きっと死の数秒前にそう思えたらそうであるし、そう思えなかったらそうでは無いのだろう。しかし僕は改めて、がん患者として過酷な生活を送った日々が、もう二度と自分に訪れてほしくはないと思うとともに、あれがなければ、この世界をこのような視点から眺められなかったのではないか、とも思っている。まるで容赦無く険《けわ》しい道のりを登り切った者にのみ、山頂からの雄大な景色が与えられるかのように。

今の幸せな僕は、あの日死にかけていた僕によって構成されているのだ。たとえ、誰が何と言おうと。きっとこの景色は、いくら言葉や写真で伝えようとも、完全には伝わらない。それは死の領域に足を踏み入れた者だけに与えられた感覚であり、きっと道半ばで潰《つい》えた彼らも、僕たちにしか通じないこの美しい世界を見ていたはずなのだ。彼らを可哀想だという人間は、きっとこの景色を知らない。

一方で、この世界の存在を広め、あるいは多くの人に関心を持ってもらうことはできるかもしれない――それが本書の大きな目的でもあった。僕は、この社会の様々な人々が、病のあるなしに関わらず、生きることと死ぬことについて考え、そして価値観を認め合う日が来ることを切に願ってやまない。本書がその一助となれば幸いだ。

両者の溝が少しずつ埋まれば、献血への協力者やドナーの登録者も格段に増えることだけでなく、患者もまた、より勇気を与えられるような存在となることだろう。そのとき「健常者が病人を救ってあげる」というステレオタイプは打ち捨てられるのだ。健常者も病人も、お互いの存在が心のどこかにある、そんな相互の支え合いこそが愛なんじゃないだろうか。そしてそれは、きっといつか奇跡を起こすのだ。見知らぬ人へ手を差し伸べ、見知らぬ人へ勇気を与える、そんな輪の中に多くの人に入って欲しいと思う。

僕は闘病を通して、自分自身が多くの人に支えられ、そして愛されているのだという事実を目の当たりにすることになった。看病してくれた家族と励ましてくれた多くの友人、僕のために祈ってくれた恩師や涙を流してくれた先輩後輩、必ずや生きて返すと誓ってくれた医師ら、そして血を分けてくれた名も知らぬヒーローたち。僕はこの世界のありとあらゆる優しさを、ほとんど有り余るまでに享受し、そしてその恩に報いるべく、千辛万苦《せんしんばんく》の治療に耐えてひたすら生きる道を模索し続けた。そんな僕の闘病の姿を、多くの人が生きる原動力の一つにしてくれた。この支え合いは、実に素晴らしいものだった。そして今、奇跡のような現実の中で生きているのだ。

とはいえ、きっとがんにはならない方がいい。当たり前だ。その方がこんなに苦しい思いをしなくても済むし、より長く生きることができるはずだろう。「がんになってみなよ」なんて誰に対しても、口が裂けても薦められやしない。僕は、こんなにしんどい運命が降ってきた人間が、僕の大好きな誰かではなく、僕自身で本当に良かったと心の底から思っているのだ。ただ、それでも、これだけは言わせて欲しい。

この世には、死を目前にすることでしか知覚することのできない世界がある。

その美しい奇跡をギフトと呼ぶのであれば、「がんになって良かった」と言いたいのも、また真なのかもしれない。がんこそが、僕に新たな人生を歩むきっかけを与えてくれたのだから。

最後に、僕を救ってくれた方々と応援してくれた方々、とりわけ家族と、それからこのギフトに対して感謝を述べたい。僕を山頂まで連れてきてくれてありがとう、と。

二〇二〇年七月

山口雄也

〈初出〉
著者ブログ「ヨシナシゴトの捌け口」
（２０１６年12月2日〜２０２０年3月6日）を元に構成しました。

山口雄也（やまぐち・ゆうや）
1997年京都市生まれ。大学１年の冬、突然、胚細胞腫瘍というがんを宣告され、闘病生活に入る。そんななかで乳がんの闘病中だった小林麻央さんのブログに励まされ、自分でもSNSで闘病生活をユーモアを交えて発信しはじめる。2019年、地元新聞に闘病の様子とブログが紹介されるが、大手ニュースサイトで、「がんになってよかった」という言葉だけが大きく紹介され、批判コメントにさらされる。その後、NHK「ひとモノガタリ」で闘病生活と病や生き方に対する考えが紹介され、大きな反響を呼ぶ。その後も大学と療養生活、再発後の闘病生活の様子、そして自分の思いを最期までSNSで発信しつづけた。2021年逝去。
〈著者 Twitter〉@Yuya__Yamaguchi
〈著者ブログ〉「或る闘病記」fight.hatenablog.jp
「ヨシナシゴトの捌け口」yoshinashigoto.hatenablog.jp

木内岳志（きうち・たかし）
1980年生まれ。東京工業大学大学院卒。2006年NHK入局。ディレクターとして、長野放送局、報道局 政経・国際番組部、京都放送局などを経て、2019年から放送総局 大型企画開発センター。これまでの主な担当番組は、NHKスペシャル「平成史スクープドキュメント 第５回“ノーベル賞会社員”～科学技術立国の苦闘～」、同「令和未来会議2020“開国論”」、目撃！にっぽん「“住民タクシー”でどこへでも～京都・京丹後～」など幅広く制作。京都放送局時代に「ひとモノガタリ」担当ディレクターとして山口雄也さんを取材した。

装丁　三瓶可南子
写真提供　山口雄也
NHK（P26）
ＪＡＳＲＡＣ 出 2005802－001

「がんになって良かった」と言いたい

第 1 刷　2020年 7 月31日
第 5 刷　2022年 2 月25日

著　者　山口雄也＋木内岳志
発行者　小宮英行
発行所　株式会社徳間書店
〒141-8202　東京都品川区上大崎 3-1-1
目黒セントラルスクエア
電　話　編集(03)5403-4344／販売(049)293-5521
振　替　00140-0-44392
印刷・製本　大日本印刷株式会社

ISBN978-4-19-865120-6